D0644861

LA PROIE

Paru dans Le Livre de Poche :

DAVID GOLDER

IRÈNE NÉMIROVSKY

La Proie

ROMAN

ALBIN MICHEL

ISBN : 2-253-11754-4 – 1re publication – LGF
ISBN : 978-2-253-11754-4 – 1re publication – LGF

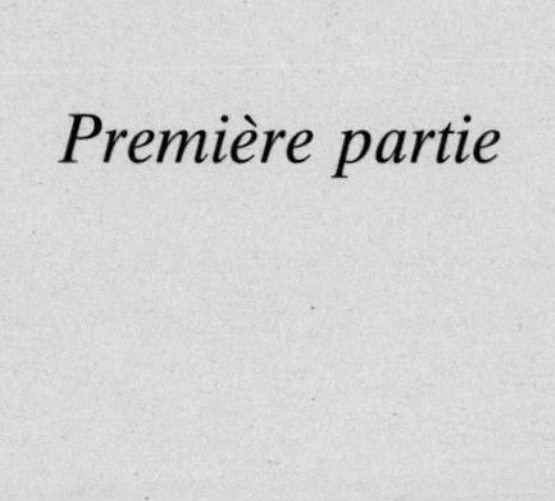

Première partie

1

– Où va-t-il ?

– Est-ce que je sais ?... Il est avec les siens comme un étranger...

La famille était réunie dans le salon, une pièce passante, aux quatre portes toujours ouvertes ; de là on pouvait épier la vie de la maison. Pour écouter le pas de Jean-Luc, les femmes retinrent leur souffle, mais il était loin déjà.

Laurent Daguerne dit doucement :

– Il est libre...

Il avait eu exactement la réaction que sa femme attendait : sans doute avait-il voulu appeler son fils, dire avec ce petit rire timide qui lui échappait parfois, qui semblait railler son propre cœur : « Viens... Tu n'es jamais là... » Mais il avait arrêté les paroles sur ses lèvres, étouffé jusqu'au soupir à peine perceptible et, laissant partir Jean-Luc sans un mot, il avait repris son livre. Maintenant, il paraissait presque heureux. C'était un de ces hommes qui ne sont à l'aise que dans l'abstraction, la méditation, les spéculations de l'esprit ; la lecture lui procurait ce qu'à d'autres donne l'alcool : l'oubli de la vie.

Le pavillon des Daguerne était bâti dans la partie nord du Vésinet. C'était un dimanche soir ; les autos couraient sur la route nationale. Il y avait un croisement non loin du jardin ; en passant devant la grille les petites voitures faisaient entendre un grincement atroce, ce gémissement des freins qui semble un cri anxieux. Mais, à cette heure-ci, elles allaient devenir plus rares. La maison reposerait jusqu'au lendemain dans un profond silence. La pluie tombait ; de grosses gouttes impatientes martelaient le toit.

Laurent Daguerne haussa son livre pour mieux capter sur la page la parcimonieuse lumière d'un petit lustre à trois becs. Le salon était une pièce froide et incommode, encombrée de meubles de jardin que l'on rentrait là quand venait l'automne. On avait rangé contre le mur des chaises de rotin délabrées par un long usage et un jeu de croquet aux boules décolorées et aux arceaux rouillés. La maison était entourée d'un jardin sans fleurs, sans grâce ; de vieux sapins noirs, durs et vigoureux, pressaient leurs branches contre les vitres ; une lanterne allumée au-dessus du perron les éclairait vaguement, ainsi que l'urne de plâtre au milieu de la pelouse, avec son cratère rempli d'eau de pluie et de feuilles pourrissantes.

Ce pavillon de briques jaunes à l'aspect maussade, solide, laid, avare, inusable des constructions d'avant-guerre avait été bâti par Laurent Daguerne au moment de son premier mariage. Mais il avait perdu sa femme de bonne heure. Il habitait maintenant avec une autre cette demeure où Louise était morte... Depuis plusieurs années, depuis qu'il était malade et que ses gains d'architecte étaient devenus presque misérables, toute la famille vivait là, hiver comme été. Paris semblait singulièrement loin les soirs de novembre pareils à celui-ci... Les Daguerne n'avaient pas d'auto...

Mathilde Daguerne cousait, baissant la tête sur son ouvrage ; des cheveux blancs parsemaient les sévères bandeaux, jadis d'un noir dur et bleuissant d'ébène. Par moments, elle s'arrêtait, soupirait, regardait fixement l'espace, en fronçant les sourcils, et ses lèvres minces et pincées remuaient, formant des chiffres. Elle dit à mi-voix :

– Douze francs soixante-quinze... Douze et huit... c'est bien ce que je pensais... Plus de vingt francs...

Elle avait un grand nez sec et droit, des yeux tristes, enfoncés dans l'orbite profonde. Jamais ni le fard ni la poudre n'avaient touché sa peau naturellement sèche, comme privée d'aliment. Ses traits n'étaient pas dépourvus de beauté, mais prématurément flétris. De corps, c'était une grande et belle femme, fort bien faite, et le contraste était étrange entre son visage fané et ses formes superbes.

Le jour de son mariage, elle avait donné un cadeau à Jean-Luc, son beau-fils, alors âgé de huit ans. Jean-Luc, poussé par son père, l'avait embrassée pour la remercier, puis, quelques instants après, par distraction ou par timidité, il lui avait de nouveau tendu son front, et elle, reculant un peu :

– Mais tu m'as déjà donné un baiser, Jean-Luc...

À peine avait-elle prononcé cela et vu le regard de Jean-Luc qu'elle avait songé :

« Qu'est-ce que je dis ?... Je deviens folle ?... » mais les paroles aigres, les reproches étaient comme projetés hors d'elle par une force inconnue, et elle-même pourtant n'était que scrupules, bonne volonté, effort désespéré et vain d'amour. Ce soir encore elle songeait :

« Il est difficile d'élever l'enfant d'une autre. »

Jean-Luc avait vingt-trois ans maintenant. Le triste jour où le pauvre Laurent viendrait à disparaître, la famille n'aurait pas d'autre appui que Jean-Luc.

Laurent Daguerne était atteint d'une maladie des reins contractée pendant sa captivité en Allemagne ; depuis plus de deux ans, depuis sa dernière opération, il était incurable. C'était un homme de petite taille, frêle, le teint livide, et son regard fatigué, profond, comme tourné vers le dedans et indifférent au monde visible révélait l'homme touché à mort.

Bientôt, hélas ! le chef de famille serait Jean-Luc. Il était le protecteur naturel de son jeune frère et de sa demi-sœur (d'un premier lit Mathilde Daguerne avait eu une fille, que son mari avait adoptée). Mais que ferait-il pour eux ?

Elle songea :

« Il a le cœur sec. »

Elle éleva l'aiguille à la lumière, dit tout haut :

– Il ne rentrera pas cette nuit.

– Tu le lui as demandé ?

– Je ne me hasarde pas à le questionner. Il sait faire voir que ça ne lui est pas agréable. Ce sont des choses que je peux comprendre à demi-mot.

Laurent murmura avec inquiétude, car il ne supportait pas que Jean-Luc fut blâmé par sa femme, que ce fût en paroles ou dans le secret de son cœur :

– Je suis certain qu'il rentrera.

Elle soupira profondément :

– Mais oui, mon ami... Ne t'agite pas.

Laurent se reprochait déjà d'avoir pensé à son fils avec trop de tendresse. Malgré lui, il le séparait des autres en pensée, de José, et de cette petite Claudine qui n'était pas de son sang, qu'il s'efforçait d'aimer. Il étendit vers eux sa main froide, toujours frémissante d'un tremblement à peine perceptible, caressa les cheveux en désordre de José, le front de Claudine :

– Eh bien, mes enfants ?

Ils ne répondirent pas : la voix des parents n'arrivait que rarement jusqu'à eux ; Claudine avait seize ans et José douze ; à cet âge, une muraille invisible entoure le corps et isole les sens du reste du monde. Parfois, un ordre donné par leur mère, avec l'accent aigre, strident que sa voix infligeait à certaines paroles, parvenait jusqu'à leur ouïe ; ils tressaillaient alors, comme éveillés d'un rêve, mais Laurent Daguerne avait pour eux la consistance d'une ombre.

Claudine, une petite femelle déjà grasse et formée, aux cheveux noirs, aux lourdes joues roses, l'air trapu, froid, robuste, secret, cousait une pièce de lingerie ; elle musait, regardait autour d'elle avec nonchalance, laissait tomber l'ouvrage entre ses genoux et jouait avec son bracelet d'argent. José était assis à côté d'elle, la tête penchée ; il tournait fébrilement les pages d'un livre ; ses cheveux tombaient sur son grand front, sur ses beaux yeux ; sans s'arrêter de lire, il les rejetait en arrière d'une brusque secousse de la tête, puis il enfonçait ses pouces dans les oreilles et ses ongles dans les joues ; sa peau, douce et fragile encore comme celle d'une fille, rougissait et se marbrait sous ses doigts. Il ressemblait à Jean-Luc, songeait Laurent, mais il était bien soigné, rose, heureux... Jean-Luc n'avait jamais été ainsi... Orphelin dès la petite enfance, enfermé dans un collège à l'âge de huit ans, il avait toujours été pâle et maigre, cuirassé de cette froideur apparente, de cette défiance de soi que donne aux garçons l'éducation faite uniquement par des hommes et parmi des hommes. Laurent revit les traits aigus de son fils aîné, ses yeux étroits et étincelants, sa belle bouche qui semblait serrée, contractée par un effort de volonté. Sa voix était douce, mais il s'exprimait par petites phrases brèves et coupantes. Laurent pensait à lui avec tristesse, nostalgie, effroi... « Quand la vie s'achève, songeait-il, on a envers un enfant le même sentiment que pour une femme aimée. Les mobiles les plus simples de Jean-Luc me paraissent mystérieux. Où est-il maintenant ? Avec une femme ? Quelle femme ? Une femme a pu plaire à mon fils ? Avec un ami ?... Je me souviens qu'à son âge n'importe quel garçon, le plus sot, le plus vulgaire était plus proche de moi et plus important à mes yeux que mon propre père. Que d'heures prodiguées à des imbéciles, quel dédain, quel oubli pour celui qui devait bientôt mourir, comme moi je dois mourir. Quelle amère et lourde expérience il pourrait recueillir de mes lèvres, mais il n'y songe même pas... Que suis-je pour lui ? Que puis-je lui donner ? Rien, strictement rien. Depuis deux ans, je ne peux même pas payer ses études, même pas lui assurer le pain.

Que fait-il ? Comment vit-il ? Il ne le dit pas, et moi, j'ai peur de demander... J'ai peur d'apprendre qu'il est malheureux, qu'il manque du nécessaire, peur de le savoir, car comment pourrais-je l'aider ? Libre ? Il l'est, certes... Que pourrais-je lui donner d'autre que cette misérable liberté ? Il est réfléchi, mûr avant l'âge. Mais est-il heureux ? La liberté n'est bonne que souhaitée, que désirée ardemment, mais ainsi, offerte en présent, elle a d'autres noms : abandon, solitude... »

Mais que pouvait-il faire ? Depuis sa dernière opération, il ne travaillait plus. Il vivait des quelques pauvres rentes qui lui restaient encore, et que le fisc, la dévaluation lui avaient laissées. Il en touchait maintenant les derniers coupons. À sa mort, il resterait à sa famille l'assurance sur la vie qu'il avait contractée et le pavillon du Vésinet, invendable, car on était à la fin de 1932 ; une crise économique sans précédent commençait. L'avenir de Jean-Luc était bien sombre...

Il ferma doucement les yeux pour mieux revoir en esprit le visage chéri de son fils. Reviendrait-il ce soir ?... Du samedi au lundi, Jean-Luc demeurait au Vésinet, mais le reste de la semaine, il habitait Paris. Ce soir, la chambre était encore imprégnée de la présence de Jean-Luc. Il avait laissé des livres sur la table et, sur le bras du fauteuil, cette montre-bracelet en cuir trop étroite qu'il défaisait constamment parce qu'elle blessait son poignet et qu'il oubliait ensuite. Mathilde vit le regard de son mari arrêté sur cette montre ; elle se leva, la prit et l'enferma dans un tiroir. Déjà l'odeur des cigarettes fumées par Jean-Luc s'effaçait et seul demeurait le relent de pluie, d'automne, de terre mouillée qui montait du jardin. Des chats pleuraient dans l'ombre. Laurent songea qu'il ne fallait plus accueillir toutes ces vieilles pensées, ces amères pensées... L'angoisse du lendemain, le souci du pain quotidien, de l'avenir des siens ? Quel était aujourd'hui l'homme assez heureux pour en être totalement affranchi ? Il était pareil à bien d'autres... C'était le mal des pères, qui pesait sur des milliers d'entre eux... Il soupira, regarda avec tendresse les pages de son livre, un petit volume anglais à la couverture fatiguée. Ses chers poètes élisabéthains le consoleraient si quelque chose pouvait le consoler. Il lut :

– My soul like a ship in a black storm
Is driven I know not within...

– Mon âme, comme un navire dans une noire tempête, est entraînée je ne sais vers quelles profondeurs...

Il leva les yeux, regarda tristement les sapins trempés de brume et cette livide lumière qui les éclairait, tombant sur eux et sur la façade de la maison. Malade, âgé, qui pouvait sans frémir contempler ces noirs arbres immobiles et respirer l'odeur de la terre d'automne ?...

Il demanda :

– Claudine, veux-tu fermer les volets, mon enfant ?... Et tirer les rideaux ?... J'ai froid.

– Claudine, tu as entendu ce que dit ton père ? dit Mme Daguerne.

Claudine se leva et ferma les rideaux.

2

Au collège, pendant l'étude du soir, Jean-Luc, enfant, avait pensé :

« Quand j'aimerai une femme, quand je la tiendrai, pour la première fois, dans mes bras (il avait songé : "nue", et rougi de honte et de désir), je me rappellerai ces murs noirs et le bruit de la pluie, exprès, pour augmenter mon plaisir. »

Ce soir, couché auprès d'Édith dans une chambre chaude et sombre, ce vieux souvenir revint un moment, mais si lointain, si doux, si bien délivré de son venin qu'il lui accorda à peine une pensée, à peine un sourire. Il était si heureux... Ils avaient éteint la lampe ; un petit poêle à pétrole brûlait dans un coin ; son cœur rouge éclairait la toile à ramages des tapisseries, où étaient dessinés des bateaux à voiles décolorés par l'humidité. Dans un modeste restaurant en bordure du parc Montsouris, Jean-Luc avait découvert ces petits salons où l'on entrait par un escalier discret, une porte dérobée.

C'était là qu'il retrouvait Édith. À cette heure, et en cette saison, le parc et la maison entière semblaient vides. Sur la terrasse, des tables de fer étaient couchées sous un auvent. La nuit avait effacé les mots : « Noces et banquets », inscrits sur la porte. Un réverbère allumé se reflétait dans l'eau noire d'un lac. La pluie coulait doucement, et ce bruit de l'eau tombant dans l'eau mesurait seul le temps. Le soir d'automne était glacé, triste, mais ici le parfum d'Édith avait imprégné les murs ; une chaleur lourde et douce endormait le corps et l'âme. Sur la table, une bouteille de pouilly trempait dans un seau plein de glace. Mais ils ne buvaient pas. Ils ne s'embrassaient même pas. Ils se tenaient immobiles, serrés l'un contre l'autre, les mains nouées avec tant de force que les poignets d'Édith se marquaient de rouge. Le temps était aboli. Une porte retomba doucement ; une voix de femme, un rire étouffé traversèrent les murs, puis tout se tut ; la pluie tombait plus fort, celle-là même que Laurent Daguerne écoutait en cet instant battre le rebord de zinc de son toit.

– Qu'il fait bon, dit Jean-Luc à mi-voix.

Il étendit la main et chercha à tâtons des cigarettes sur la nappe. Édith alluma la petite lampe entre les deux couverts.

Ils se regardèrent avidement, sans un sourire. Il avait ôté son veston, et le col arraché laissait nu son jeune cou pur et fort ; les beaux cheveux bruns en désordre cachaient à demi le front pâle, serré aux tempes ; ces cheveux lourds, trop abondants, trop vivaces poussaient au-dessus du visage maigre comme une végétation luxuriante, tropicale sur une terre brûlée par la fièvre. Il les rejeta de la main en arrière avec violence. Certains de ses gestes étaient encore d'un adolescent, mais le regard avait l'audace et l'éclat d'un regard d'homme fait. Quand il baissait les yeux, les longs cils adoucissaient ses traits.

Elle murmura :

– Il est tard.

– Non.

– Si, laisse-moi. Il est près de minuit. La famille n'admettrait pas que je rentre après minuit.

– Je me fiche de ta famille...

– Et moi donc ? Mais il faut...

– Eh bien, va-t'en !

Elle se leva, mais sentit les jambes du garçon qui serraient les siennes. Ils retombèrent doucement en arrière, enlacés.

Elle avait vingt ans, un visage impérieux et délicat, à peine fardé, de grands yeux verts. Ses cheveux étaient demi-longs, et retenus derrière les oreilles par deux petites épingles d'écaille semées d'une poudre de diamants. Jean-Luc les ôta, et les cheveux défaits coulèrent sur les épaules et le cou ; ils étaient blonds, plus clairs que sa peau ambrée ; la beauté de son teint, la minceur de ses bras et surtout cette chevelure légère lui donnèrent un instant l'apparence d'une enfant. Ils se sourirent avec une sorte de naïveté, bien rare, déjà, sur leurs traits. Une glace inclinée les reflétait, une vieille glace avec un lourd cadre doré, datant de 1880 sans doute, comme tout dans cette maison ; elle était rayée de mille inscriptions et de noms inconnus. Le désir le plus intense, le plus exquis que tous deux ressentaient en cet instant était de ne pas bouger, de ne jamais bouger, de s'endormir serrés l'un contre l'autre, de ne jamais plus revoir leurs parents ni connaître le souffle de la rue froide. Ils se parlaient bouche à bouche de si près que leurs lèvres buvaient les paroles avant même qu'elles fussent prononcées, quand elles n'étaient que soupirées encore, à peine formées, à demi des paroles, à demi des baisers. Ils étaient heureux. Il est rare que l'on sache goûter le bonheur dans la jeunesse, et ce bonheur, on ne l'exige même pas, comme si on sentait qu'être jeune et par-dessus le marché heureux, c'est trop demander à Dieu, mais ce silencieux enchantement était l'image la plus proche du bonheur qu'ils pouvaient connaître. Ils n'étaient pas amants. Il l'aimait. Il voulait faire d'elle sa femme.

Tout à coup ils eurent froid. Leurs joues, pourtant, brûlaient comme des flammes, mais leurs corps étaient traversés de frissons. Ils se levèrent et allèrent s'asseoir auprès du petit poêle à pétrole. Ils fumaient silencieusement. Puis, Édith posa la glace de son sac à terre et, collée contre les genoux de Jean-Luc, commença lentement à peigner ses cheveux. Il saisit la cigarette qu'elle avait laissée et la porta à ses lèvres.

– Il est difficile de vivre sans toi, dit-il enfin avec effort.

Comme toujours, aux instants d'agitation intérieure, sa voix était devenue basse et sourde ; il détourna les yeux pour que son regard ne trahît pas l'émotion qu'il ressentait : l'âme jeune et virile a honte de l'amour. Son visage lui-même était devenu froid et calme. Lorsqu'il parlait avec ardeur ou sincérité, sa figure devenait neutre, glacée, impénétrable, mais lorsqu'il se taisait chaque trait, au contraire, était animé par l'ironie, la réflexion, une attention extrême ; ses yeux étincelaient : il contractait ses lèvres avec impatience dans son désir de taire la passion qui l'agitait, mais elle semblait jaillir hors de lui comme un feu mal étouffé s'échappe de la cendre.

Elle se serra davantage contre lui. Il secoua la tête :

– Je ne devrais pas être ici avec toi. Tu es le genre de femme dont j'avais horreur. Tu as tant d'éclat... Celle que j'imaginais...

Il se tut, perdu dans la contemplation de ce cou nu, renversé en arrière et appuyé contre son genou ; la chambre était éclairée par la lumière du poêle ; le sombre feu rose laissait dans l'ombre le corps d'Édith, mais fardait son visage et le cou rond et doré.

– Chéri... Comment était la femme que tu imaginais ? Ingrat... Moi, dès que je t'ai vu, j'ai pensé : « Celui-là me plaît... » Te rappelles-tu ? La galerie de la Sorbonne où j'attendais Chantal Desclées ? Il faisait nuit déjà, on allumait les lampes. Personne autour de nous, et toi... Je te trouvais si beau... Tu voulais me parler. Tu n'osais pas.

– Je voyais bien par tes vêtements que tu n'étais pas une étudiante, mais j'ai fait semblant de me tromper. Je t'ai demandé un renseignement idiot...

– Tu paraissais très à l'aise. J'avais toujours rêvé d'un garçon comme toi... Oui, tes joues maigres, tes beaux yeux... Et toi, quand tu étais petit, c'était une autre femme que tu voyais ? Mais comment était-elle ?

– À la fois « Princesse de Racine » et à genoux devant moi, dit-il en souriant.

Elle s'agenouilla devant lui et le regarda en riant. Il secoua la tête.

– Cela n'eût pas suffi, imagine-toi... Il me la fallait à ma dévotion, à ma disposition, ne dépendant que de moi, uniquement à moi, prenant de moi tout son bonheur, tout son bien-être... Et tu es une fille riche, une jeune fille, toute une partie de ta vie est loin de moi... Mais bientôt...

Il prit dans sa main la nuque inclinée de la jeune fille, la serra avec douceur, puis, peu à peu, plus fort, jusqu'à lui faire pousser un cri léger de douleur. Il ne dit pas : « Tu m'aimes ? Tu n'aimerais jamais un autre homme que moi ? Nous serons indissolublement unis ? » Il prononçait rarement des paroles d'amour : à cet âge, elles semblent encore si graves, irrévocables : on ne les a pas usées. Il dit enfin :

– Mon amie...

C'était le seul mot de tendresse qui pût s'échapper sans effort de ses lèvres, le seul dont il n'eût pas honte.

Ils demeuraient serrés l'un contre l'autre, sans un mot. Édith se redressa brusquement :

– Allons, assez, il faut partir... Viens.

Tandis qu'elle achevait de se recoiffer, Jean-Luc se leva et marcha vers la fenêtre fermée. Il souffla sur la buée qui recouvrait la vitre et à travers laquelle brillait l'éclat livide d'un lampadaire de zinc sur la terrasse.

– Le parc est désert.

– Il est horriblement tard.

Jean-Luc regarda les arbres immobiles ; penchés vers la terre, attentifs, ils écoutaient monter vers eux la sève, mais sans le tressaillement de joie, la fièvre du printemps. Avec sagesse, patience et un sourd espoir... De tout son jeune corps frémissant, de son sang qui courait et brûlait en lui, Jean-Luc les raillait, les réprouvait, les prenait en pitié. Il ouvrit la fenêtre avec violence, aspira l'air chargé de pluie, comme s'il eût contenu un baume pour la fièvre qui l'agitait. Sur le mur vitré de la terrasse leurs deux ombres étaient projetées par une vague lumière ; elles se rejoignirent dans un baiser, puis Édith prit le manteau de fourrure jeté sur le divan et sur lequel ils s'étaient caressés et le porta à son visage et à ses lèvres :

– Ton odeur...

Un instant, au bord du divan, ils hésitèrent. Jean-Luc dit, d'une voix sourde et ardente :

– Non, non, tu ne seras pas ma maîtresse, mais ma femme. Crois-tu que si je couchais avec toi, je pourrais te laisser partir ?...

Elle baissa lentement le visage, et dit enfin :

– Viens...

Il glissa sous la bouteille encore pleine un billet de cinquante francs, le dernier... Bah !... Qu'importait ?... Il se sentait de force à soulever le monde !

3

Ils se séparèrent dans la petite rue Gazan, déserte. Le parc était éclairé de place en place par de faibles lumières. Il n'avait pas cessé de pleuvoir.

Jean-Luc releva le col de son imperméable et enfonça dans ses poches ses mains nues. La pluie coulait sur ses cheveux, sur son visage. Il sentait avec délices les grosses gouttes lourdes et froides boire le feu de ses joues. Il était heureux. Quelle noblesse, quelle vertu dans le bonheur !... Le vent traversait ses vêtements ; il avait faim ; il n'avait pas dîné pour payer la bouteille de vin et les cigarettes d'Édith, mais cela même aiguisait sa jouissance orgueilleuse. Il est un âge où les nécessités matérielles respectent l'homme, quitte à prendre leur revanche plus tard... Rien, lui semblait-il, ne pourrait jamais épuiser ses forces intactes, rien, ni les privations, ni l'excès du travail, ni l'excès du plaisir. Les nuits sans sommeil donnaient à son corps une fièvre heureuse ; sa pensée, allégée par la faim, était plus agile et plus lucide. Il s'enivrait de sa jeunesse, de la chaleur de son sang, de l'adresse et de l'équilibre de ce corps qui communiquait à l'âme sa tranquille assurance. De nouveau il sourit au souvenir du collège, des murs noirs, de ses larmes... Tout cela était loin... Le temps lui-même, pour la première fois, était avec lui et pour lui. Le temps, si lent, si lourd dans l'enfance, le temps qui s'accordait aux plaisirs et à l'oubli des autres, il battait maintenant au rythme de son sang et précipitait les adultes d'hier dans la vieillesse. Il était jeune !

Il eût voulu tendre les bras et crier : « Merci, jeunesse... » Le monde, pour un bref instant, était à la mesure de ses forces.

Il marchait lentement dans les petites rues vides qui entourent le parc Montsouris, sentant que l'ombre et la solitude préserveraient merveilleusement son exaltation intérieure. Plus bas s'étendait une zone de lumières et de bruit où passaient par milliers, hélas ! des garçons pareils à lui, aussi forts, aussi intelligents (mais cela, non, non, songea-t-il en souriant...) des garçons démunis de tout, mais chacun rêvant de saisir à pleines mains le monde. Il s'attardait dans les rues noires. Il s'appuyait aux grilles du parc, il regardait avec amitié les lumières sur le lac. Rien n'était aussi apaisant que ces petites flammes tremblantes dans l'ombre, dans la pluie, dans une infinie solitude... La lumière semblait boire son regard, lentement, lentement... C'était inexprimable... Sa douce palpitation calmait, peu à peu, les battements de son cœur.

Il reprit sa marche, serrant dans l'ouverture de sa chemise, contre sa poitrine nue, la main qui avait caressé Édith. Par moments, il la portait à ses lèvres et en respirait le parfum. Édith... Cette fille riche, grandie et élevée dans un monde qu'il ne connaissait pas, qu'il imaginait à peine, un monde de financiers, de politiciens (son père était Abel Sarlat, le banquier), cette fille vouée à la richesse serait sa femme. L'amour ne valait que comme un don réciproque absolu. Édith serait sa femme, sa compagne fidèle jusqu'à la mort. Il ne demandait qu'un gagne-pain pour la prendre. Il se doutait bien que le père refuserait ce mariage. Mais s'il fallait vivre pauvrement, misérablement, tant pis. Cela valait pour les vieux, ce sentiment de responsabilité devant la femme, cette peur de priver la femme du luxe et du bien-être qui devaient lui revenir de droit, eût-on dit... Pourquoi ?... L'amour devait être forgé dans l'effort et dans un dévouement réciproque, mais égal. Aujourd'hui, pour l'homme et pour la femme le courage et l'orgueil étaient les seules vertus nécessaires. Nécessaires, mais suffisantes. Édith ne pouvait être lâche. Le manque de courage eût aboli en lui l'amour. Certes, la vie était dure. Qui le savait mieux que lui ?... Pour vivre, pour achever ses études sans aide, sans rien demander à un père faible, malade, ruiné, il avait travaillé vraiment au-delà de ses forces. Il avait lavé des voitures, traduit des romans policiers en deux nuits, donné des leçons à des prix de famine, gagné durement, dans le plus complet abandon matériel, le droit d'être libre et responsable de ses actes, l'orgueil de se dire que les siens ne lui donnant rien, n'étaient en droit de rien lui demander, qu'il pouvait pétrir sa vie comme il lui plairait, sans attendre ni conseil, ni secours. Mais, de cette vie, il serait le seul maître !

Ainsi, rêvant, pressé par la foule sans la voir, il parvint jusqu'à un petit café, place de l'Odéon, où il devait retrouver son ami, Serge Dourdan. Des banquettes de cuir usé, le zinc terni, les filles lasses, à demi endormies, collées au flanc d'un garçon hâve, c'était là le décor habituel de sa vie. Car la jeunesse est un vin précieux qui se boit, d'ordinaire, dans un verre grossier. Il n'en souffrait pas, pourtant. Rien ne valait ces misérables bistros où on se sentait perdu, caché au creux de la ville, réfugié au sein même de ses ténèbres, de son vacarme et récréant autour de soi, comme le fait l'enfance, un monde délivré des lois du monde.

Là, jusqu'au matin, il s'enivrerait de politique avec Serge Dourdan. Il regarderait monter les soucoupes sur la petite table de fer. Dourdan était abandonné comme lui. Ils s'étaient connus au lycée, un soir de rentrée, devant la porte de l'internat qui allait se refermer sur eux, tous deux misérables, perdus dans la foule, serrant les poings, serrant les dents pour retenir les larmes honteuses.

Jusqu'au matin ils parleraient ou se tairaient, se comprenant mieux encore dans le silence. Puis Jean-Luc retrouverait la chambre où il vivait, au-dessus du Ludo, vieille académie de billard, bâtie en face de la Sorbonne, et là il dormirait dans le bruit des pièces remuées sur l'échiquier, des boules de billard jetées à toute volée, du fracas des verres et des voix, comme il avait dormi au collège et à la caserne, d'un sommeil sans rêves, noir et doux.

4

Un an plus tard, dans ce même vieux Ludo, dans la salle du rez-de-chaussée, entre les tables de billard et celles des joueurs d'échecs, Jean-Luc attendait un coup de téléphone d'Édith.

Il était près de huit heures du soir, et il avait attendu ainsi la moitié du jour. Dehors un si sombre automne, et nulle part où aller... Comme il était las des rues de Paris, où il tramait depuis l'aube, essayant de placer ses modèles d'aspirateurs, sa soudure pour les appareils de T.S.F., et les boîtes de savon rachetées à bas prix chez les parfumeurs en faillite... Car c'était là son précaire et unique gagne-pain. Rien, ni les brillants diplômes, ni le courage, ni le travail, rien ne lui avait procuré le minimum de sécurité qu'il souhaitait, rien n'avait satisfait ses plus modestes ambitions. Ainsi que l'on dit des filles américaines : « Beauty is cheap... », de même, en Europe, en cet automne 1933, l'intelligence était vendue à des salaires de famine.

Il était seul : Dourdan devait venir plus tard. Dourdan avait trouvé une place à 800 francs par mois chez un marchand de fer et métaux, et tout le jour il surveillait et chargeait les camions de marchandises exportées. Il dînait parfois au Ludo d'un « pain et jambon » et d'une tasse de café noir, coupé d'alcool.

Dans l'air étouffant volait une fumée épaisse, mêlée de poussière et de craie ; en face de Jean-Luc brûlait le papillon jaune du gaz. Le choc des boules de billard et des pièces d'échecs formait un vacarme sourd et presque enivrant, quand on l'écoutait ainsi, à demi endormi de fatigue.

Jean-Luc était assis dans un coin, les bras croisés sur sa poitrine, les yeux fermés. Quand résonnait le téléphone, petit grelot à peine perceptible dans le bruit du café, il levait brusquement les paupières, se penchait en avant, écoutait. Mais au seuil de la cabine du téléphone apparaissait le garçon, Ernest, qui criait : « On demande Monsieur Marcel », ou « Monsieur Georges », ou un autre nom qui n'était pas le sien, qui n'était jamais le sien... Jean-Luc décroisait lentement ses bras, encerclait ses genoux des deux mains qu'il serrait l'une contre l'autre avec violence, jusqu'à ce que fût apaisé le battement de son cœur ; il regardait fixement la flamme du gaz à travers la fumée. Il était maigre, pâle, mal rasé, les cheveux trop longs, vêtu d'un méchant chandail aux manches rapiécées. Autour de lui étaient assis des garçons qui, tous, lui ressemblaient, comme si la mauvaise nourriture, le manque d'air et de lumière eussent façonné ces visages et ces corps au sortir de l'adolescence jusqu'à faire d'eux non pas des individus distincts, mais une agglomération, composée moins d'êtres humains que de numéros, d'unités pour la caserne, le bureau ou l'hôpital. Ils étaient tous coiffés de la même manière, les cheveux lisses, collés et rejetés en arrière ; ils portaient des chandails de laine ou de vieux imperméables. Ils avaient la poitrine étroite, le cou fragile dans des faux-cols trop bas ; chacun de leurs mouvements était marqué par la hâte et la fièvre. Les Asiatiques, nombreux parmi eux, paraissaient à peine plus jaunes ; le mauvais éclairage donnait à tous les visages une teinte sombre et bilieuse. Il n'y avait pas de femmes.

Tous ceux qui ne jouaient pas aux cartes ou aux échecs parlaient politique, comme Jean-Luc l'avait fait avant eux... Il savait ce qui se dissimulait sous ces paroles, quels rêves ils nourrissaient, ces garçons en qui la dureté matérielle de l'existence n'éveillait pas le désespoir, mais une ambition sourde, à peine avouée à eux-mêmes dans le secret de leurs cœurs. Avec quelle allégresse ils enterraient le vieux monde ! S'il mourait, s'il craquait de toutes parts, comme on le clamait autour d'eux, n'étaient-ils pas là, eux, les jeunes, pour en recueillir les morceaux ?... Pendant quinze ans, pour leurs aînés immédiats, il n'y avait eu qu'un maître, l'argent. Pour ceux-là, c'était le pouvoir. C'était le maître mot qu'ils ne prononçaient jamais, qui était « tabou », mais que l'on entendait malgré eux, qui transparaissait dans leurs jugements prompts et sévères, dans le dédain féroce où ils englobaient tout l'univers, dans cette passion pour la politique, seule forme de l'activité humaine qui pût les émouvoir. Et comment ne pas rêver ?... Que donnait d'autre à la jeunesse le monde d'aujourd'hui ?... Il n'y avait pas de travail, il n'y avait pas d'ambitions modestes réalisables, il n'y avait pas d'action. Il ne restait que ça... La cruelle et froide passion de parvenir, déguisée sous toutes sortes de noms et d'étiquettes partisanes.

« Et moi ? » pensa Jean-Luc.

Le monde qu'il avait rêvé comme eux tous de maîtriser, jamais il ne lui avait paru aussi inaccessible. Il y entrait par la porte basse, celle de la pauvreté, de l'abandon, de l'amour trahi. Il se sentait si seul... Il songea :

« Julien Sorel pouvait encore compter sur une partie de la société. Mais nous ?... Sur quoi s'appuyer aujourd'hui ?... Tout chancelle. L'argent lui-même n'est pas sûr. Et autour de soi, rien. Pas un appui. »

Il enfonça les dents dans ses lèvres pour étouffer un lâche soupir. Il prit le verre de fine qu'on venait de lui servir, le but, puis, penché en avant, tourmentant entre ses doigts le paquet de cigarettes vide, il recommença à attendre.

Il était près de neuf heures maintenant. Il se leva brusquement, traversa la salle de billard, s'approcha de la cabine du téléphone ; à travers la porte, il entendait une voix d'homme très jeune, presque d'un adolescent, répéter d'un accent endormi :

– Mais puisque je te dis que je dîne chez mon père !... Nini, voyons, sois raisonnable ! Puisque je te dis que je suis en ce moment chez papa !...

Jean-Luc s'adossa au mur, jadis blanchi à la chaux, maintenant sali et couvert d'inscriptions et de chiffres. Enfin, la cabine du téléphone s'ouvrit ; il en sortit un garçon de vingt ans, le visage enflammé par l'alcool, une queue de billard sous le bras ; il sourit à Jean-Luc qu'il connaissait :

– Ça va, Daguerne ?

Sans répondre, Jean-Luc entra à son tour dans le petit réduit étouffant où il avait passé déjà de bien longs moments. Il ne pouvait se résoudre à décrocher ce récepteur, à entendre une fois de plus :

– De la part de qui ? Mademoiselle est sortie.

Les cloisons étaient couvertes jusqu'à mi-hauteur de noms de femmes et de dessins de corps ou de visages ; la cabine était imprégnée d'une odeur de fumée froide qui soulevait le cœur.

Doucement, doucement, Jean-Luc décrocha l'appareil, le caressa un instant de la main, appela le numéro. Édith elle-même répondit ; en entendant sa voix, Jean-Luc fut bouleversé d'un accès de fureur tel que le son de ses propres paroles, rauques et sourdes, le frappa d'étonnement :

– C'est vous... Pourquoi n'avez-vous pas téléphoné ?

Édith murmura :

– Je ne peux pas parler maintenant...

– Écoutez, Édith !... Ne répondez que par oui ou non, si vous voulez, mais il me faut une réponse !

Un garçon qui vous connaît m'a dit que vous étiez fiancée, que la date des fiançailles est annoncée, qu'elle est fixée pour le 25 novembre. Depuis une semaine, je ne vous vois pas, vous ne me téléphonez pas, vous ne m'écrivez pas. Je veux... Je préfère savoir. Mais répondez !... cria-t-il avec rage.

Il se tut : Édith avait raccroché sans répondre.

Il secoua furieusement la sonnerie de l'appareil ; il appela en vain ; il passa lentement la main sur son visage :

– La garce, murmura-t-il, les dents serrées : elle la sentira passer, ma parole...

Il attendit un instant, regardant fixement une croupe de femme dessinée sur la porte. Son cœur battait avec violence. Enfin, il ouvrit la porte, jeta à la caissière : « Une communication », et revint dans la salle.

À sa table, Dourdan était assis. Il repoussa le manteau de pluie que Dourdan avait posé sur la banquette. Dourdan murmura :

– Malade ?

– Quoi ?... Non.

Ils se turent. L'amitié entre eux était pudique, régie encore par les disciplines de l'enfance : ne pas récriminer, ne pas se plaindre, parler le moins possible de son mal, de ses fautes. Du petit collégien pâle, aux genoux durs et rudes que Jean-Luc avait connu à douze ans, Dourdan avait gardé l'air fin, secret, la grâce, les poignets minces, les yeux sombres qu'il ramenait avec peine sur l'interlocuteur, comme s'il l'eût jaugé en un instant, et qu'il dérobait aussitôt.

Jean-Luc poussa vers lui le morceau de jambon entamé :

– Tiens. Prends. Veux-tu boire ?

– Le plus possible. J'ai passé ma journée à la gare du Nord, à coltiner des ballots de ferraille.

– Pour 800 francs par mois, tu fais le camionneur maintenant ?

– Occasionnellement.
– Tu as écrit à ton oncle ?
Dourdan appartenait à un milieu d'industriels lorrains ; son père avait été tué en 17. Un conseil de famille avait géré la petite cristallerie fondée par un Dourdan en 1830 et qui devait revenir à Serge à sa majorité. Ce conseil de famille avait été composé des hommes les plus sages et les plus intègres que le père Dourdan eût pu découvrir pour leur confier les intérêts de son fils avant son départ pour le front. Ils avaient mené l'affaire avec bon sens, prudence, probité, si bien que la vague de prospérité ne l'avait pas atteinte, mais que dès 1928 elle périclitait doucement, pour s'éteindre aux premiers mois de la crise.
Dourdan porta à ses lèvres le verre d'alcool :
– Mon oncle ?... J'ai même sa réponse. Tu verras, c'est marrant. Il a une petite fabrique de toile dans les Vosges. Le type de l'affaire sans éclat, mais pépère. Tu saisis ?... Elle est depuis le 15 en liquidation judiciaire. Ses deux filles, âgées de quarante-deux et quarante-cinq ans, ajoutent un post-scriptum à la lettre pour demander que je leur trouve une place ou un travail quelconque à Paris. Tu ne trouves pas que c'est marrant ?
– Marrant, c'est le mot, fit Jean-Luc à mi-voix.
Dourdan paraissait ivre : le verre d'alcool avalé à jeun avait fait monter un flux de sang à ses joues ; il se leva pour demander du feu à ses voisins ; il chancelait de fatigue.
– As-tu songé, dit Jean-Luc, que la parole de Gide n'aura bientôt plus de sens ? Une famille qui vous assomme, mais qui est là, qui peut vous aider, vous faire monter, c'est d'un prix... je ne sais pas, moi, d'un prix formidable...
Il parlait d'une voix sèche, comme s'il se fût efforcé de brider en soi, de contracter la passion. Ses paroles paraissaient soigneusement choisies pour amoindrir

la gravité et la portée de la pensée, mais, par moments, un mot disproportionné, tel que « formidable », « monstrueux », semblait une ouverture par laquelle s'échappait un feu secret.

Entre Dourdan et Jean-Luc, les conversations d'ordre général étaient placées sur les préoccupations personnelles, comme une grille sur des mots dont, seuls, ils savaient le sens. Dourdan comprit que Jean-Luc songeait à son propre père, qui allait mourir bientôt et dont il ne pouvait attendre ni secours, ni réconfort. Il inclina la tête et Jean-Luc vit qu'il avait compris.

– Les filles, dit tout à coup Jean-Luc avec amertume, les filles seules sont heureuses. La liberté, une licence sans égale, tous les plaisirs physiques. L'amour « sans péril et sans peur... ». Pour la première fois depuis des générations. Aussi, regarde-les. Comme elles sont belles, quel éclat, quel air de bonheur... Et nous ?... Regarde-nous. Regarde autour de toi. Nous sommes jolis, hein ?...

– Tu parles des filles riches...

– Je parle d'une fille riche, dit Jean-Luc. Il détourna le regard : tu sais de qui je veux parler, dit-il plus bas, avec effort. Ce que tu m'as dit... son mariage... c'est vrai ?...

– Oui, murmura Dourdan.

– Comment le sais-tu ?

– Eh bien ! dit Dourdan, je connais une femme... Elle s'appelle Marie Bellanger. Elle connaît Édith Sarlat, ou plutôt elle l'a connue. Cette Marie Bellanger a divorcé, il y a quelques années. Depuis, elle ne voit plus les Sarlat, qui étaient vaguement parents de son mari, mais une de ses anciennes amies qui la reçoit encore, lui a dit que ton Édith épousait Bertrand Bolchère. Tu connais ce nom-là ? Les Bolchère. La grosse, la très grosse galette. Voilà comment je l'ai su. Dis-moi, cette fille, tu as couché avec elle ?

– Non.

– Non ?... Quelle erreur ! Il fallait se servir d'elle. C'est tout ce que ça mérite.

– Tout ce que ça mérite, répéta doucement Jean-Luc.

– As-tu songé que c'était symptomatique que le mot « jeune fille » fût tombé en désuétude et que l'on ne dît plus que « filles » en parlant d'elles ? « Filles » ou encore « femelles », c'est tout ce que ça vaut... Mais on s'attache à certaines d'entre elles, je ne sais pourquoi.. Ainsi cette Marie Bellanger...

Il se tut. Il écrasa lentement sa cigarette dans l'assiette vide, dit tout à coup :

– J'ai besoin d'argent. J'ai terriblement besoin d'argent. Je ne peux pas faire venir Marie chez moi, dans cet hôtel de sidis et de marlous. Je ne peux pas aller chez elle : elle est en instance de divorce et pour obtenir une pension qui lui permette de vivre, le divorce doit être prononcé aux torts du mari. C'est une espèce de fou sadique, mais s'il parvenait à prouver qu'elle a un amant, elle n'aurait rien. Je voudrais une chambre décente. Je n'ai pas d'argent. Pourtant, il y aurait un moyen... Dis-moi, les scrupules, tu sais ce que c'est toi ?

– On méprise parfaitement les autres, mais on sait ce qu'on se doit à soi-même, dit Jean-Luc.

– Tu crois ?... Peut-être...

– Quel moyen ?

– Oh ! des jeux d'écritures, dit doucement Dourdan.

– Des faux ?

– Ce genre-là... Plus compliqué...

– Prends garde, murmura Jean-Luc.

Dourdan haussa les épaules.

– À quoi ?... Le déshonneur, je m'en f... ! La prison ?... Savoir si on est beaucoup plus heureux comme on est... As-tu songé à ce qui se passerait pour nous en cas de maladie, d'accident ? Crever pour crever...

– Tu es saoul, dit Jean-Luc.

Dourdan parut se réveiller. Il se leva avec effort, prit le vieil imperméable verdi qu'il roula en boule sous son bras et partit sans un mot.

Jean-Luc resta seul.

5

La nuit passait. Les premiers, les joueurs de billard partirent, puis ceux de poker et de bridge, enfin les joueurs d'échecs.

Seul demeura en face de Jean-Luc un vieil homme, vêtu d'une cape noire de poète romantique, un habitué du Ludo. Il dormait assis, baissant sur sa poitrine une figure fine et livide, aux joues mangées d'une barbe noire.

Jean-Luc le regardait fixement, sans le voir, sans un mouvement... Où aller ?... La nuit d'automne était si hostile... Il y avait bien le Vésinet... Mais il frémit de répulsion au seul souvenir du cri des grenouilles, du souffle de José dans la pièce. La maison était petite. Les deux frères partageaient la même chambre. Par-dessus tout, il redoutait la tendresse inquiète de son père...

Enfin, le dormeur s'éveilla et partit. Jean-Luc remonta dans sa chambre.

Il s'était accordé la nuit pour souffrir. Il se jeta sur son lit ; il saisit l'oreiller des deux bras, l'étreignit, le serra contre sa poitrine comme aux pires nuits de l'enfance. Comme elle s'était moquée de lui ! Comme il souffrait... Il serrait les dents : il répétait avec rage : « Non, non, je ne veux pas souffrir ! » De toutes ses jeunes forces, avec fureur, avec honte, avec mépris, il repoussait, il haïssait sa souffrance. « Je ne souffrirai pas pour une femme !... Je refuse de souffrir pour une femme ! Je ne veux pas être vaincu par ce qu'il y a de plus bas, de plus lâche au monde, le besoin d'être aimé, la pitié de soi-même !... Ah ! elle veut être mon ennemie... Eh bien ! nous verrons, nous verrons qui sera le plus fort, dit-il à voix haute ; nous verrons, ma belle !... Je te ferai pleurer. Attends un peu... Tu verras... Je serai le plus fort !... Moi !... Moi !... Moi !... »

Il criait : « Moi !... » avec orgueil et désespoir, comme s'il eût appelé à l'aide un dieu invisible. Par-dessus tout, il fallait tenir. Il était seul. Personne au monde ne pouvait l'aider. Il n'y avait que soi, ses propres forces, sa volonté. Il fallait tendre cette volonté, impitoyablement. Il répéta doucement : « Im-pi-toya-blement... » en façonnant le mot avec amour. Cette nuit, naissait en lui la conscience de ses propres forces, la certitude de vaincre. Un homme jeune, à l'âme virile, quand il ressent la première souffrance, il s'épouvante de la voir si forte et lui si débile, mais, aussitôt après, il reconnaît qu'elle est enfin à sa mesure et non disproportionnée comme dans l'enfance, et, bientôt après, il s'enorgueillit de pouvoir la supporter sans faiblir, sans mourir... Il l'appelle, la provoque, lui offre son cœur : « Eh bien ! va, frappe !... Je ne te crains pas !... Je ne crains rien au monde !... »

Mais, tout à coup, au souvenir d'une parole d'Édith, d'un baiser, il sentait avec effroi que des larmes jaillissaient de ses yeux, qu'elles allaient couler sur son visage. Tout son corps se crispait dans l'effort de retenir ces larmes. Non, il ne pleurerait pas. Il haïssait la faiblesse. Il se rappela son père, qui avait pleuré en le menant au lycée, au moment de partir pour la guerre, pleuré sans honte devant lui. Avec quelle pitié il avait regardé couler ces larmes ! Pitié !... Il n'inspirerait la pitié à personne, lui !... Jamais !

Il se leva, il courut à la fenêtre ouverte, et, de toutes ses forces, la referma sur ses doigts, les écrasant entre les deux battants, serrés avec violence.

Cela, c'était merveilleux pour abolir en un instant la jalousie et l'amour... Il regarda le sang couler, secoua la tête avec défi :

– Voilà... C'est fini maintenant, dit-il tout haut.

Fini ?... Non, pas encore... Mais bientôt... Un peu de patience, un peu de courage... L'amour, ce genre d'amour, mêlé de honte et de haine, était un sentiment méprisable. Ne pas penser, surtout !... Ne pas la revoir, couchée entre ses genoux, offerte, et repoussée par lui, respectée... « Qu'elle épouse donc son Bolchère, songea-t-il avec fureur : mais elle couchera d'abord avec moi !... Cela je me le jure !... Me servir de ça, c'est tout ce que ça mérite, murmura-t-il en se souvenant des paroles de Dourdan ; me servir de ça, et puis, au diable !... qu'elle aille où elle voudra, qu'elle fasse ce qu'elle voudra... Mais avoir mon plaisir du moins, ne pas être dupe, ni d'elle, ni de rien au monde, ni de mon propre cœur !... »

Il se sentait las et dégrisé, presque calme. Il demeurait debout, devant la fenêtre ouverte, regardant les toits et le ciel du matin, bas et gris, étouffé de fumées. De tout ce qu'il avait ressenti pour Édith, tendresse, désir, que restait-il ?

Il songea : « Plus un atome de tendresse... » Oui, cela, c'était bien fini, cela ne reviendrait plus. Le désir persistait, plus âcre, plus trouble... On verrait à le satisfaire...

6

Les Sarlat habitaient rue de l'Université, à quelques pas d'une petite place plantée d'arbres nus. Là, sur un banc, Jean-Luc attendit longtemps, sans arriver à maîtriser son courage. C'était le jour fixé pour les fiançailles d'Édith ; *Le Figaro* avait, la veille, annoncé la réception chez les Sarlat. Jean-Luc voulait entrer dans cette maison dont il n'avait jamais franchi le seuil. Il passerait dans le lot des danseurs, des petits camarades, des gigolos, mais il entrerait, il verrait Édith. Il fallait être là. Il fallait disputer cette fille à Bolchère. Il fallait l'avoir le premier. Il se le devait à lui-même.

Le temps était sombre et humide. Sur les beaux vêtements, empruntés à un ami, il avait jeté un manteau qui ne lui appartenait pas davantage et qui était trop léger pour la saison. Il tremblait de froid ; ses mains nues étaient engourdies et glacées. Il était là depuis trois heures. Il avait vu les fleuristes entrer, portant des corbeilles de roses. Il avait vu les premières voitures arriver. Il regardait ces fenêtres éclairées. Où était l'appartement des Sarlat ? Jamais Édith n'avait consenti à le recevoir chez elle, et lui, il avait trouvé cela tout simple... Il n'y songeait même pas. Que lui importait la famille, la maison de cette fille qu'il aimait ? Il songea :

« Elle me trouvait tout juste bon à lui faire un ersatz d'amour... »

Par moments, il se levait, traversait la place et marchait jusqu'aux quais voisins. Comme toujours, l'odeur de l'eau, les ténèbres et le sourd grondement des rues apaisaient son cœur. Il revenait lentement vers le banc et attendait. Il s'était fixé une heure où, dans l'affluence, il passerait inaperçu. Enfin, il dit à voix haute :

– Allons !...

Que chaque pas était dur ! Il marcha vers la porte. Il hésitait au bord de la chaussée. Les voitures lui jetaient de la boue au visage. Devant le seuil même de la maison, il s'arrêta. Comme il était lâche ! Il recula, s'effaça contre le mur. Il attendait... Le temps passait et il attendait encore. Bientôt, sept heures... Bientôt, il serait trop tard... Il entendit sonner sept heures... Les voitures partaient une à une. Il attendait. Deux hommes en sortant le heurtèrent. Il songea tout à coup :

« S'ils prononcent le nom des Sarlat, j'entre. Sinon... »

Et aussitôt, il entendit le nom des Sarlat, dit à voix haute, tout près de lui, presque à son oreille. Il entra.

Il monta, et dès le premier étage, il perçut ce sourd brouhaha des réceptions, ce bruit de pas, de voix, de rires mêlés, qui jamais encore n'était parvenu jusqu'à lui. Petit lycéen solitaire, étudiant misérable, il n'était jamais entré dans un salon, plein d'inconnus. Il tremblait de peur. Il montait pourtant. Il serrait les dents et une seule pensée demeurait en lui : se forcer à marcher, et que son visage ne pâlît pas, que le son de sa voix ne le trahît pas.

Il traversa une longue galerie rouge, puis un salon. Que de monde !... Personne ne prenait garde à lui. Il continua à avancer, et, tout à coup, il vit Édith. Elle, au même instant, tourna la tête et l'aperçut. Ils se regardèrent sans parler. Ils étaient entourés d'invités. Il put pourtant dire à voix basse :

– J'ai voulu réparer un oubli. Vous n'auriez pas omis d'inviter à vos fiançailles un vieux camarade ?

Il la contemplait avidement. Un flot de sang était monté au visage d'Édith, un trouble tel apparaissait sur ses traits, que lui, par contraste, se sentit presque calme et que la phrase qu'il avait longuement préparée, caressée, façonnée sur le banc mouillé, dans la rue noire, et qu'il avait commencée avec tant d'agitation et d'angoisse, il put l'achever sans qu'un muscle de son visage eût tressailli. Aussitôt, il respira librement : il était maître de lui-même, enfin ! Il ne craignait plus rien au monde ! Elle fit quelques pas vers lui, murmura, sans le regarder :

– Va-t'en ! Je ne peux pas te parler ici. Va !... Je viendrai, je te le jure !

– Tu as peur ? De quoi as-tu peur ? Tu es folle ? Tu t'imagines que je viens pleurnicher, jouer à l'amoureux transi ? Mais quelle idée te fais-tu donc de moi ?

Ils se turent, tous deux haletants et pâles. Le premier, il se ressaisit :

– Présentez-moi à votre mère, commanda-t-il à voix basse.

Elle parut hésiter, puis le mena vers une femme d'une cinquantaine d'années, les cheveux grisonnants, des perles aux oreilles et vêtue d'une longue robe rose. Elle portait une singulière coiffure en paquet sur le front, qui lui donnait l'aspect d'une vieille photo datant de 1910 ou 1912. Elle était très grande et avait l'air timide qu'ont souvent les femmes de haute taille. Elle courbait la tête, rentrait le cou dans les épaules, se penchait en avant, comme si elle eût voulu faire oublier sa stature. Son visage gardait des traces de beauté. Elle sourit à Jean-Luc et ses grands yeux noirs s'éclairèrent de douceur : « ... Si gentil d'être venu... », murmura-t-elle en lui prenant la main, en le regardant avec une expression amicale et fidèle.

Derrière Jean-Luc un autre garçon s'approchait et la saluait. Elle lui prit la main avec les mêmes mots et le même sourire. Une jeune fille saisit le bras d'Édith :

– Nous allons chez toi ?...

Jean-Luc les suivit. Ils traversèrent le salon, montèrent un étroit escalier tournant ; la chambre où Jean-Luc entra était petite et sombre, emplie à demi par un grand divan. Des jeunes gens et des jeunes filles étaient étendus là. Un garçon, la main sur l'interrupteur électrique, allumait dès qu'il entendait un bruit de pas sur les marches.

Jean-Luc s'adossa au mur. La flamme d'un briquet éclaira un visage masculin inconnu, une petite tête de femme, lisse et noire. Personne ne se souciait de lui. Il les entendait parler et rire ; leurs voix formaient un murmure confus de noms qu'il ne connaissait pas, d'allusions à des événements qui lui étaient étrangers. Il était en dehors d'eux, à l'écart d'eux. Il passait. On ne le reverrait pas. Ils paraissaient si insouciants et si heureux...

Quelqu'un prononça à plusieurs reprises : « ... Bolchère... Bolchère... »

Une voix d'homme, une voix jeune, à l'accent affecté et railleur, répondit. Jean-Luc ressentit une curiosité passionnée. Il chercha à tâtons la lampe et l'alluma ; Bolchère était assis auprès d'Édith. Ce Bolchère paraissait à peine plus âgé que Jean-Luc ; il avait un long visage étroit et pâle, les cheveux noirs et collants comme un casque. Qu'il paraissait tranquille, arrogant, sûr de lui !... Il était comme auréolé de ce don divin, la sécurité. Jean-Luc savait que la fortune des Bolchère était mieux que grande : elle était si étroitement liée à la structure économique et politique de l'Europe que rien, ni la guerre, ni aucun bouleversement social ne l'abolirait. Elle pouvait être entamée, diminuée, mais jamais elle ne disparaîtrait, jamais elle ne suivrait le sort commun. Rien ne ferait de ce jeune homme un garçon pareil aux autres, pareil à Jean-Luc, un de ceux pour qui comptait seul le morceau de pain quotidien.

De nouveau, une main avait éteint la lampe. Jean-Luc serra ses bras sur sa poitrine si fortement qu'il sentait sous leur étreinte la pulsation affolée de son cœur. Sot, triple sot !... Pendant deux ans, il avait si courageusement, si patiemment donné à sa vie un certain dessin, une tonalité, une forme, jusqu'à faire de cette vie étroite, sordide, dure, quelque chose de semblable à une œuvre d'art. Il avait imaginé une jeune fille de Giraudoux, « une princesse de Racine », une amoureuse fière et pudique, uniquement à lui... Il avait eu la bêtise insigne de ne pas faire d'Édith sa maîtresse !... « Cela seulement l'eût retenue, songea-t-il tout à coup. Ces filles qui pressentent l'amour physique, rien d'autre ne compte pour elles... » Il l'écoutait rire. Ce rire bas, assourdi, sensuel, ne l'avait-il jamais entendu encore ?...

Elle était à deux pas de lui, presque couchée dans les bras de Bolchère. Brusquement, il se jeta à ses côtés, lui prit la main dans l'ombre et la serra avec violence. Il perçut une hésitation, un mouvement de recul, puis la chaleur, la forme de cette main qui répondait à la sienne. Remède souverain, l'orgueil !... Un flot de sang monta à ses joues. Les battements de son cœur se calmèrent.

Plus tard, quand Bolchère se fut levé, il la retint doucement par le poignet. Elle céda et resta avec lui. Elle murmura :

– Vous voudrez me revoir encore ?

– Oui, dit-il à voix basse.

Elle se leva et l'entraîna hors de la pièce. Ils étaient debout sur les marches de l'escalier sombre : elle avait refermé la porte sans bruit derrière eux.

– Naturellement, dit-elle : l'autre... Bertrand... ce n'est pas de l'amour...

– Alors, quoi ?... L'argent ?

Ils étaient serrés l'un contre l'autre, tressaillant à chaque bruit, parlant presque bouche à bouche :

– Oh ! Va-t'en !... Va-t'en !... J'ai si peur...

– De Bolchère ?

– Non !... De mon père, surtout... S'il savait, s'il se doutait...

– Oh ! je me fiche de ton père !... Je veux savoir !... Ce Bolchère ! Mais tu es riche, toi ?... Tu n'as pas besoin de ça...

– Tu ne comprends pas... C'est une certaine position sociale, un certain niveau de vie... Pour un mari, il faut quelqu'un de déjà accompli, de déjà arrivé, et non un enfant comme toi, dont toute la vie est à faire ! Je n'ai pas de patience, moi, fit-elle en le repoussant.

– Ni de confiance. Je comprends, dit-il doucement.

– Et pourtant tu me plais !... Je n'ai pas menti, je te le jure, tu me plais. Ainsi, maintenant, nous pourrions nous revoir, si tu voulais ? Bertrand part. Son père l'envoie pour deux mois en Amérique, je ne sais pour quelles affaires... Je serai seule et libre, jusqu'à...

Elle se tut.

– Jusqu'au mariage, sans doute ?

– Eh bien ! oui... Qu'est-ce que ça peut faire ?... Mon mariage n'empêchera rien. Écoute, pars maintenant. Tu reviendras. Tu reviendras ici. Je te ferai inviter chez mes amies. Nous nous rencontrerons comme avant, plus commodément qu'avant. C'est si simple...

– Très simple, dit-il entre ses dents.

Il lui prit la main et, tout à coup, pressa Édith contre lui et serra le sein de la jeune fille entre ses doigts comme un fruit dont il eût voulu faire jaillir le suc. La caresse brutale arracha à Édith un cri étouffé :

– Brute !... Tu es fou ?..., chuchota-t-elle.

Mais aussitôt elle faiblit, lui entoura le cou de ses bras, dit doucement, d'une voix rauque et basse :

– Comme tu me plais !

La porte s'ouvrait. Elle remonta les marches d'un bond, et il partit. Il songeait avec une amertume profonde :

« C'est facile, une femme... »

7

Pendant les semaines qui suivirent le départ de Bolchère, Jean-Luc retrouva Édith tantôt chez l'une, tantôt chez l'autre de ses amies, tantôt chez elle. Au commencement, il ne voyait qu'Édith ; le monde qui l'entourait n'existait pas à ses yeux. L'enfant le plus intelligent ne peut se trouver d'un seul coup de plain-pied parmi les hommes. Ces vieux, il les regardait sans les voir ; il les englobait dans la même indifférence méprisante. Ils avaient les mêmes tics, les mêmes vêtements, les mêmes traits à ses yeux. Ils peuplaient un univers à l'écart du sien. Ainsi, pour le vieil homme lui-même, la jeunesse forme une masse indistincte, où se détachent seuls ceux de son sang.

Il fut présenté à Sarlat et, plus tard, il put à peine se souvenir de son visage. Il connut Calixte-Langon, l'ami des Sarlat, ministre des Finances dans le cabinet Grèz, récemment arrivé au pouvoir. Langon était jeune encore, petit, les chairs potelées, les cheveux noirs coiffés en mèche napoléonienne sur le front, les yeux si vifs, si éclatants qu'ils ne reflétaient que le dehors, eût-on dit, et ne révélaient rien de l'âme. Se souvenant qu'il était l'image du pouvoir pour les générations futures, quand on lui nommait de jeunes hommes inconnus, il les considérait un instant sans parler, fixant sur eux le regard froid, vitreux de l'homme en place. Mais bientôt sa bonhomie naturelle l'emportait, ou l'habitude des réunions électorales... un charmant sourire éclairait son visage ;

il tendait le ventre en avant, comme s'il se fut attendu à ce qu'on tapât dessus.

Ce Langon, cet Abel Sarlat, ce Lesourd, l'adversaire de Langon à la Chambre, mais qui dînait avec lui chez les Sarlat et le tutoyait, c'étaient eux, pourtant, les dispensateurs des biens du régime, eux qui gardaient les issues vers la liberté, l'argent, le pouvoir. Ils étaient ce que Jean-Luc n'avait jamais possédé : des relations. Quel petit nom pour une si grande chose !... Ils connaissaient tous les mots de passe, les maîtres mots... Pour eux, rien n'était difficile, tout s'aplanissait, s'adoucissait, s'entrouvrait. Plaire à Langon, à Lesourd, à Sarlat eût épargné à Jean-Luc des années d'attente, de vaines humiliations. Lorsqu'il quittait Édith, lorsqu'il retrouvait la rue après le bal, et le sombre Ludo, il commençait à songer à ces hommes... Certes, ils le connaissaient, mais il entrait chez eux par la petite porte, celle réservée à la jeunesse... Dans une partie de la maison on s'amusait, ou on jouait à l'amour... Là-bas, il était facilement admis. Les filles le regardaient avec plaisir, car il était beau et épris d'une autre, et les garçons le traitaient en égal. Mais les affaires sérieuses, le véritable trafic d'argent et d'influence, cela se faisait à côté de lui, à l'écart de lui. En lui renaissait l'ambition, un instant étouffée par l'amour. Était-ce même l'ambition, ce légitime désir de dire « Moi », de compter sur la terre ?... Un être est né avec des dents, des griffes, des muscles. Il a besoin de saisir. Il a besoin de mordre et de manger... Et autour de lui, rien.

Alors, il songeait au mariage avec Édith Sarlat, non pas à celui qu'il avait imaginé, où elle partagerait avec lui la pauvreté, où il serait pour elle la source de tout bonheur, de tout bien-être... Cela, c'étaient des rêves d'enfant. Et la vie était trop dure, songeait-il, pour se permettre longtemps les passions de la jeunesse. S'il épousait Édith Sarlat, s'il se servait d'elle ?... « Finances et politique, dit-il un jour à Dourdan, sont les deux mamelles de l'ambitieux. – Mais l'une est à moitié tarie », avait répondu Dourdan, car c'était l'époque des krachs fameux. Oui, l'argent était une denrée éphémère et périssable. Pour l'argent seul, il n'eût pas vendu sa vie, mais il y avait autre chose... Il n'eût pas songé à épouser une fille simplement pourvue d'une belle dot, comme eût fait un garçon démuni de tout, vingt ou cinquante ans auparavant. Ce qu'il fallait rechercher, c'était moins l'argent qu'un certain monde, proche du pouvoir, au pouvoir... Il fallait connaître intimement ceux qui le formaient. Il fallait connaître ces gens si bien, que le symbole social qui était le leur disparût derrière les visages simplement humains. Il fallait les voir de près, dans leurs moments de détente, de faiblesse, pour apprendre à jouer le jeu, pour arriver à franchir les premiers barrages, pour apprendre à se servir d'eux, comme il se servirait d'Édith... Il éprouvait envers Édith un sentiment où le désir se mêlait à la colère. Entre eux, il y avait une entente des corps, du sang, mais ils étaient ennemis. Ils jouaient au plus fort, au plus fin ; chacun d'eux voulait duper l'autre ; chacun d'eux refuserait désormais la contrition et l'humilité de l'amour.

Cependant, Serge Dourdan avait loué une chambre, où il retrouvait sa maîtresse. Il ne dit pas à Jean-Luc comment il s'était procuré l'argent nécessaire, mais apprenant les détails de « l'aventure Sarlat », comme tous deux l'appelaient, il mit cette chambre à sa disposition plusieurs soirs par semaine. Ce fut là qu'une nuit, enfin, Jean-Luc emmena Édith.

Il était tard, presque le petit matin. Ils avaient dansé ensemble. Ils rentraient seuls dans l'auto d'Édith. Ils étaient las. C'était un mois de janvier très doux, un printemps trompeur. Jean-Luc tenait dans sa main la clé de la chambre, et pariait avec lui-même qu'avant le jour, il serait l'amant d'Édith. Il dit doucement :

– Maintenant, tu vas venir avec moi.

Elle haussa les épaules :

– Dans le garni où tu loges ?...

– N'importe où... Tu verras...

– Non.

– Ah ! je savais bien que tu as peur ! Peur de moi, et surtout de toi-même, parce que tu as envie de moi, et que moi, je ne serai plus le gamin docile que tu as connu... Parce que tu as peur de m'aimer...

Il lui parlait à l'oreille, serré contre elle ; il voyait la belle bouche sensuelle trembler de désir.

– Viens, je le veux, dit-il enfin.

Dourdan avait loué une chambre dans une vieille maison de la rive gauche. Jean-Luc n'y était jamais venu. La pièce était grande, un peu sombre, le lit dissimulé dans une sorte d'alcôve. Jean-Luc alluma la lampe au chevet du lit ; elle éclaira vaguement un vieux plancher, des meubles d'acajou et un petit âtre devant lequel des bûches étaient préparées. Le silence était extraordinaire. Par les fenêtres, on voyait le ciel, au-dessus des toits, déjà clair.

Jean-Luc tira les rideaux. Ils allumèrent le feu et s'assirent un instant l'un auprès de l'autre, sur un mince canapé qui grinçait doucement dans l'ombre.

Jean-Luc murmura :

– Tu crois que tu as besoin d'argent pour être heureuse, ou d'un certain niveau de vie, comme tu disais... Tu ne te connais pas toi-même. Mais, moi, moi, je te connais. C'est l'amour que tu aimes. Et l'amour, pour l'instant, que tu le veuilles ou non, c'est moi, parce que tu as envie de moi, parce que je te plais...

Elle se taisait. Elle lui laissait pétrir avec rage ses flancs et ses seins ; elle s'étonnait de découvrir en cet enfant qu'elle croyait si bien soumis à sa volonté un homme, et qui parlait en maître.

Le feu était bas, murmurant, lorsque tout à coup, il enflamma une feuille de papier jetée sans doute la veille parmi les cendres. Une flamme claire jaillit et, à sa lumière, Jean-Luc vit une petite photo de femme sur la cheminée. C'était Marie Bellanger, sans doute, songea-t-il, la maîtresse de Dourdan. Elle avait un mince visage, des cheveux clairs un peu longs, une coiffure d'archange et une bouche aux coins tombants... Il tenait Édith dans ses bras et regardait ce portrait... Puis la flamme retomba. La chambre, de nouveau, devint noire ; seule la lampe éclairait les draps.

Quand Édith fut devenue sa maîtresse, il vit tout à coup qu'elle pleurait. Il se sentit violemment ému ; il lui souleva doucement le visage :

– Pourquoi, Édith ?... Pourquoi pleures-tu ?...

Mais elle secouait la tête sans répondre. Pourtant, un instant plus tard, ce fut elle qui se jeta dans ses bras, et cette fois-ci, ayant goûté son plaisir, toute peur en elle et toute tristesse furent abolies.

8

Une heure avait suffi à Édith pour apprendre le plaisir et pour pressentir que ce serait là désormais pour elle la source de tout bonheur, et que jamais elle ne voudrait en connaître d'autre.

Dans le mois qui suivit, elle revint souvent avec Jean-Luc chez Dourdan. En Jean-Luc persistait un attrait physique fort et trouble, et l'enivrement d'être le maître. Il s'émerveillait de la force de jouissance qu'il déchaînait en elle. Après l'amour, il y avait dans les traits d'Édith, dans ses mouvements, une sorte de paix à laquelle il ne pouvait s'empêcher d'être sensible. Une flamme semblait monter de ce corps chaud, jeté dans ses bras. Il ressentait un mélange d'orgueil et d'humiliation, orgueil de mâle, enivrant, certes, mais humiliation de songer que sa dévotion, sa tendresse, si difficilement accordées, rien n'avait touché Édith, qu'elle n'aimait en lui que son plaisir. Ah ! comme elle ressemblait peu à son rêve... Ce n'était qu'une fille, une femelle... Elle croyait l'aimer, parce qu'elle était très jeune encore, qu'il était son premier amant, mais un peu de temps passerait, et elle comprendrait que n'importe quel garçon, pourvu qu'il fût jeune et fort, pouvait lui procurer exactement la même qualité de jouissance.

Cyniquement, Jean-Luc songeait :

« Se hâter avant qu'elle ne le découvre... »

Quand elle était heureuse, elle se serrait contre lui, contre son flanc, les yeux fermés ; il la sentait tressaillir jusqu'à ses fins orteils recourbés. Mais lui, après l'amour, il n'éprouvait que la tristesse et cet âcre désenchantement, celé dans les caresses comme l'amertume au cœur d'un fruit.

Cependant, au Vésinet, tout sentait déjà le désarroi de la ruine et de la mort. Laurent Daguerne était plus malade, mais pour ses proches, la fin venait trop lentement. Ils l'aimaient pourtant, mais ils n'avaient plus rien, et ils ne pouvaient s'empêcher de supputer le montant de l'assurance qui leur permettrait de vivre. Daguerne souffrait, mais ne mourait pas. Il n'était qu'une ombre, qu'un souffle, qu'un corps inerte, mais il ne mourait pas. Et il fallait de l'argent tout de suite, pour les remèdes, les impôts, les dettes criardes.

Dourdan prêta de l'argent, qui suffit pour une semaine. Depuis longtemps, on avait vendu les couverts d'argenterie, quelques petits bijoux de Mathilde qui restaient encore. Jean-Luc et sa belle-mère, réconciliés un instant, comme cela arrive devant le malheur, de ces réconciliations à base de nerfs, à fleur de peau, qui cessent aussitôt que le malheur s'éloigne, cherchèrent ensemble les objets de la maison qui pouvaient rapporter quelque argent, mais rien n'avait de valeur. Jean-Luc, quand il venait, emportait tantôt un cadre, tantôt un livre, les vendait à Paris pour quelques francs qu'il rapportait le lendemain. Laurent Daguerne ne voyait rien, ou paraissait ne rien voir. Il avait atteint ce degré d'extrême usure du corps quand l'être humain sent qu'il ne pourra plus supporter la dernière goutte d'inquiétude et repose dans une profonde indifférence, laissant aux autres les vains efforts. Il écoutait les chuchotements de Mathilde et de son fils ; il ne demandait rien ; il se laissait soigner, servir ; il regardait parfois Jean-Luc avec cette ironie à peine perceptible des malades ou des vieillards, qui semblent dire :

« À votre tour, maintenant !... Pour moi, mes amis,

c'est enfin le repos », et les vieilles mains tremblantes reprenaient le livre qu'elles avaient laissé un instant retomber et où il trouvait la seule sagesse qui fut digne de lui.

Un jour, il ne resta que deux flambeaux d'argent qui avaient fait partie d'une garniture de toilette de la première Mme Daguerne, et dont tous les flacons, les boîtes, les brosses étaient partis. Dans l'ombre du petit vestibule qui sentait la pluie et le salpêtre, Mathilde enveloppa de papier journal les deux lourds flambeaux et les glissa sous le bras de Jean-Luc. Puis elle se mit à pleurer, peut-être de rancune contre la première femme qui, elle, avait connu de meilleurs jours. Jean-Luc lui caressa doucement la joue, et elle s'appuya un instant contre lui, laissant couler ses larmes.

– Ah ! mon petit... Je n'ai d'espoir qu'en toi maintenant... Et José est un enfant encore... Que deviendrons-nous ?

À Paris, Jean-Luc commença à porter, d'un magasin à l'autre, ses flambeaux, qui avaient crevé le papier et qu'il changeait alternativement de main, car ils étaient très lourds. Il ne prenait pas cette corvée au tragique. Ces vieilleries ne le touchaient en rien. De sa mère, il se souvenait à peine et, de toute façon, son image n'était en rien liée à ces flambeaux qu'il avait toujours trouvés affreux. Ils étaient ornés d'amours, de fleurs et de carquois. Il espérait qu'on les fondrait le plus vite possible et qu'il en retirerait quelques centaines de francs. Il marchait le long du boulevard Saint-Germain, cherchant à travers la bruine les enseignes des magasins d'argenterie, nombreux dans ce quartier. En voici un, et, à l'étalage, en vrac, des objets d'argent, une icône, un lot de couteaux à dessert :

– Monsieur, ces flambeaux d'argent vous intéressent ?

– Non.

– Voulez-vous simplement les voir ?
– On vous a dit non.
Bon. À un autre :
– Madame, je désirerais vendre...
Le sourire de la marchande s'efface.
– ...Ces deux flambeaux d'argent.
– Nous n'achetons rien en ce moment.
Un autre. Un autre encore. Une porte entr'ouverte, un geste pour défaire le paquet. Non ? Bonsoir. Il recommençait à marcher ; la pluie tombait ; les beaux arbres étaient dépouillés par la tempête de printemps. Peu à peu il se sentait envahi d'une lassitude qui ne venait pas uniquement de son corps, de son bras alourdi par le poids des flambeaux... Pourtant, il devait être habitué à cela. N'était-ce pas son métier ? Offrir une camelote dont personne ne voulait ?... Offrir des boîtes de savon, de la soudure, des dictionnaires Larousse, des aspirateurs, des appareils de T.S.F., sa jeunesse, son esprit, ses forces ?... Offrir... en vain...
Il marchait maintenant dans les petites rues qui entourent le boulevard Saint-Germain, frappant à toutes les portes : il y avait beaucoup de boutiques basses, avec les mots peints en blanc, en relief sur une vitre éclairée : « Vente. Achat d'objets d'or et d'argent au comptant ». Mais ses flambeaux n'intéressaient personne, ou on lui en offrait un prix misérable. Il repartait.
À six heures, enfin, il se rappela qu'Édith l'attendait chez Dourdan. Il monta lentement l'escalier, entra. Elle était là, déjà ; il s'assit auprès du feu, essayant de réchauffer ses doigts glacés. La pluie avait coulé dans son cou, pénétré ses vêtements, ses semelles. Il tremblait de froid. Il avait jeté à terre, à côté de lui, le paquet défait. Elle demanda :
– Qu'est-ce que c'est ?
– Un cadeau pour mon père.
Il passa lentement la main sur son visage. Comme

il était las... Elle, cependant, debout contre lui, murmurait en souriant :

– Viens... Allons, viens...

Le lit. Il était là pour ça... Il la poussa vers ce lit avec une sorte de rage. Il ne restait plus d'amour dans son cœur, seulement le désir de la soumettre à son tour et de se servir d'elle, comme elle se servait de lui pour son plaisir. Ils étaient couchés l'un près de l'autre maintenant, si unis, leurs flancs nus serrés si étroitement qu'ils ne connaissaient plus les limites, les frontières de leurs corps, leurs jambes entrelacées, liés l'un à l'autre, et si éloignés... Lui, échafaudant sa vie, son rêve, elle, jouissant de la paix délicieuse de sa chair comblée.

Coûte que coûte, il fallait devenir son mari. Coûte que coûte, il fallait la faire renoncer à Bolchère. Pour cela, il n'y avait qu'un moyen. Il se tourna vers elle, la saisit de nouveau. Au bout d'un moment, elle murmura d'une voix étouffée :

– Non, non, prends garde...

– Pourquoi ?

– J'ai peur, Jean-Luc...

– Tu as peur d'un enfant ?... Bah ! qu'est-ce que ça fait ?

– Je ne veux pas...

Plus bas, il dit :

– Tu n'épouseras pas Bolchère. Tu m'épouseras, tu entends ?... Tu m'épouseras, moi !

Elle s'adossa à l'oreiller, le regarda longuement, écartant de la main les cheveux défaits qui tombaient sur son visage :

– Tu sais que tu as tout pouvoir sur moi... Tu en abuses. Tu ne m'aimes pas, pourtant...

– Et toi ? dit-il doucement.

Elle ne répondit pas ; elle retomba en arrière, heureuse, soumise mais non à lui, au démon qui habitait son corps.

9

Au commencement de mai, enfin, Jean-Luc reçut une lettre signée d'un secrétaire d'Abel Sarlat. Comme il l'avait attendue !

« Monsieur Abel Sarlat a une communication importante à vous faire et vous prie de vous rendre sans faute à son bureau lundi matin, à onze heures. »

Édith avait parlé enfin ! Quelque temps auparavant, elle avait écrit à Bertrand Bolchère et rompu son mariage. Depuis près de deux mois elle savait qu'un enfant devait naître. Demain, Jean-Luc se trouverait face à face avec Sarlat. Enfin, enfin, il allait se battre, agir, triompher, et non pas d'une femme... Une femme, c'était si facile à vaincre : des caresses, un jeune corps infatigable, un cœur qui se dérobe, il n'en fallait pas davantage... Mais un homme était un adversaire digne de lui. Il avait relu la lettre comme un billet amoureux. Il ressentait cette émotion délicieuse qui saisit les hommes nés pour l'action quand ils sont enfin délivrés du rêve. Qu'avait-il fait d'autre que rêver depuis tant de mois ?...

C'était un dimanche, et la plus froide après-midi d'un printemps glacial. Comme toutes les semaines, il partit pour le Vésinet. Dans le jardin, les quelques fleurs plantées par José avaient été perdues par les gelées. Seul, le maigre buisson de lilas s'obstinait à donner des fleurs, mais le vent les effeuillait ; elles tombaient dans le cratère de ce vase de stuc que Jean-Luc avait connu toujours plein d'eau de pluie et de feuilles mortes. Il fit lentement le tour de la maison, en attendant son père qui allait descendre. Car Laurent Daguerne se traînait encore dans le salon, dès que l'on annonçait son fils. À quoi bon inquiéter Jean-Luc ? Il ne lui laisserait que cela, le souvenir d'un certain courage devant la maladie et la mort, un souvenir non pas de résignation – qui est véritablement résigné ? – mais de silence, de paix, d'acceptation. Assis sur le lit, sans force pour nouer autour de ses reins la ceinture de la robe de chambre, il haletait doucement.

En bas, Jean-Luc marchait dans la petite allée. José creusait la terre ; le jardinage était sa plus récente passion. Jean-Luc regardait la maison et le jardin avec un sentiment où se mêlaient l'attachement et la haine. Ce rideau de sapins épais, ces briques luisantes de pluie, c'était là le décor familier de son passé, lourd et bref. Comme il le faisait chaque fois, il leva les yeux vers les vitraux en couleurs qui ornaient à leurs extrémités les deux étages, étirés en hauteur, grêles, ornés d'un toit à clochetons comme une chapelle de cimetière. Les quatre vitraux étaient peints, l'un en vert, l'autre en jaune, le troisième en pourpre, et le quatrième, celui d'un cabinet de débarras, en bleu, presque noir. Enfant, Jean-Luc regardait le jardin à travers chaque vitre tour à tour, et sa mère le soulevait dans ses bras et disait :

– Voilà un matin de printemps, un jour d'été, un soir d'automne, et, montrant la quatrième et ses ténèbres : une nuit d'hiver.

Il entendait les paroles, mais le son de la voix était perdu et le dessin du visage... Une ombre submergée par l'oubli.

Sa belle-mère frappa du doigt à l'une des fenêtres et l'appela. Il entra au salon, où Laurent Daguerne l'attendait. Délivré de la blancheur des draps et des oreillers, il paraissait moins pâle. Jean-Luc demanda :

– Tu as mieux dormi ?

– Pas mal du tout.

– Comment te sens-tu ?

– Tu sais, un jour ne ressemble pas à l'autre, mais ça va mieux. Ne t'inquiète pas, ça va mieux...

Ils se turent. Jean-Luc était engourdi par cet extraordinaire silence qui, depuis quelque temps, semblait s'établir naturellement autour de son père. C'était déjà une paix inhumaine, une paix de tombeau. Jamais le jeune homme n'avait entendu aussi distinctement le bruit d'une pendule que pendant ces instants. Le lent battement du balancier emplissait la pièce, prenait possession de la maison entière... Oh ! comme il fallait se hâter de vivre.

– Et toi, mon petit ?

– Moi ?

– Oui.

– Papa, je vais me marier bientôt, si... certains plans que j'ai dans l'esprit réussissent.

Laurent Daguerne éleva doucement sa main tremblante et fit signe à Jean-Luc d'approcher. Jean-Luc sourit :

– Cela t'étonne ?... Pourquoi ?... Tu me trouves trop jeune ?

– La vie est si difficile pour un seul, maintenant, murmura Daguerne ; il faut beaucoup de courage, beaucoup d'amour...

– Ma fiancée est extrêmement riche. C'est la fille d'Abel Sarlat. C'est ce que l'on appelle un beau mariage. Ne t'inquiète donc pas.

– Mais tu l'aimes ?

– Certainement, dit Jean-Luc avec froideur.

Il se leva, alla à la fenêtre, souleva un coin du rideau ; les gouttes de pluie roulaient sur la vitre comme des larmes. Pouvait-il faire comprendre à son père qu'il recherchait, non pas de l'argent, mais l'accès dans un monde qui seul dispense les biens du monde ? Comment son père eût-il pu l'approuver ?... De son temps, la réussite avait été subordonnée au travail et à la chance. Il est facile de travailler.

Qu'avait-il fait d'autre, lui, Jean-Luc, depuis qu'il était à l'âge d'homme ?... Et chaque être humain naît avec une once de chance. Mais un temps était venu où cela ne suffisait plus. Le monde des Sarlat, celui de la finance et de la politique, était le seul où il fût encore possible de monter, de ne pas stagner, d'entreprendre une action et de la mener à son but. Car pour le reste ?... Il n'y avait de travail nulle part, et nulle part la possibilité, l'espoir seulement de monter, de satisfaire les ambitions les plus naturelles de l'homme. Avec des privations inouïes, il avait obtenu des diplômes dont la valeur était mesurée au poids du papier sur lequel ils étaient imprimés. Et c'était tout ce qui lui avait été accordé par l'existence.

Il dit tout haut :

– Il est moins question d'amour que de sagesse, je te l'avoue.

Laurent Daguerne secoua la tête :

– Tu es jeune. Prends garde.

– Je suis jeune, mais je me sens vieux.

– C'est cela, c'est cela justement... À ton âge, tu ne devrais rechercher que les plaisirs et les passions de la jeunesse. L'ambition, le calcul, cela viendra plus tard. On ne doit pas... il ne faut pas mûrir trop vite...

Jean-Luc sourit :

– Je n'ai pas le choix.

– Je sais, dit son père avec cet accent de crainte et de honte qu'il prenait aussitôt que l'on parlait du temps présent, comme si de ce temps il eût été responsable vis-à-vis de son fils : je sais, ce n'est pas ta faute, mais c'est un grand danger. Il ne faut pas étouffer en soi sa jeunesse. Elle se venge. L'ambition, le calcul, ce sont des passions d'homme mûr. Tout se passe comme si nous devions dépenser une certaine somme de faiblesse, d'aveuglement, de folie, au commencement de notre vie. Plus tard, tu verras...

Jean-Luc murmura :

– Oui, tout cela est juste, mais...

À quoi bon tenter d'expliquer ? Le côté abstrait de la vie n'avait de sens que pour les vieillards. Pour lui, il ne pouvait se permettre le luxe de juger la vie de haut. Il fallait durement se battre, arracher aux autres le pain, les satisfactions d'amour-propre, les biens matériels. Il arrangea la couverture qui avait glissé des genoux de son père et lui baisa doucement le front. Il lui dit comme à un enfant :

– Tu parles, tu parles.. tu es fatigué...

– Je suis fatigué, avoua Daguerne humblement.

Un peu plus tard, il s'assoupit. Jean-Luc ne le revit plus qu'un instant, à la fin du dîner. Le lendemain matin, de bonne heure, il partait. Il quitta son père sans émotion ; il n'avait vu aucun changement sur son visage. Pourtant, Daguerne devait mourir quelques heures plus tard.

10

Le train avançait lentement dans une campagne que le petit matin et le brouillard recouvraient d'un nuage opaque, blanc comme du lait. Dans le compartiment des troisièmes, les fenêtres étaient fermées ; la buée des respirations, la fumée faisaient monter dans l'air une vapeur épaisse ; le monde paraissait étouffant et clos. Jean-Luc essuyait par moments de la main la vitre et regardait au-dehors, mais il ne voyait qu'un arbre parfois, émergeant au bord d'un talus, étincelant de pluie récente, mais le reste de la terre était invisible.

Chaque tour de roue éloignait Jean-Luc de la maison... Ce sinistre Vésinet vert, ce pavillon misérable, ce spectacle de mort, de ruine, de défaite, comme il le haïssait !... La défaite, voici ce qu'il ne supporterait jamais !... Ce souffle de désastre, il ne l'avait senti passer qu'une fois, au moment où Édith l'avait trompé, lui l'aimant encore, mais il l'avait galvanisé au lieu de l'abattre. La défaite, il n'en avait accepté que la leçon. Il n'en avait voulu voir que le redressement, le recommencement. Pourtant, certains échecs étaient définitifs et sans remède. Son père... C'était affreux de penser à cela !... Oh ! l'oublier au plus vite, ne voir que l'avenir, le succès !... L'impatience l'agitait. Comme ce train allait lentement... Il s'arrêtait interminablement à chaque station. Jean-Luc sortit dans le couloir. Il appuya son visage à la vitre froide. Il serrait doucement ses poings. Enfin, enfin !... Pour la première fois, il se sentait maître de sa vie ; il sentait qu'il l'avait dirigée jusqu'à un certain point où la destinée devrait compter avec lui, avec sa volonté !... Il fallait sauver cette vie contre tant d'ennemis acharnés à la prendre, contre la pauvreté, l'humiliation, le découragement, la défendre contre les autres et contre soi-même.

« En somme, songea-t-il, ce n'est que cela, l'instinct de la défense. Car si on me demandait : "Que veux-tu ?... La jouissance ?..." Non, certainement non... Mais je veux obtenir ce qu'on me refuse, ma part de vie ! Je ne veux plus attendre, piétiner devant une porte close. Je veux être, exister, dire : "Moi !" »

Il touchait dans sa poche le billet de Sarlat, comme jamais, même aux pires jours de son amour pour Édith, il n'avait caressé une lettre d'elle. Quelle jouissance de sentir enfin la vie docile sous ses doigts !... Dans une heure à peine, il se trouverait chez Sarlat... Rien ne l'arrêtera. Il ne reculera pas devant l'aveu de leur liaison, ni de cette naissance... Il le jure « sur l'honneur », dernier écho de son adolescence. Il est superstitieux. Ce qui lui donne le plus de joie, c'est de penser que son désir a été si vite accompli, que dès l'instant où il l'a souhaité, l'enfant est venu, l'enfant que le père Sarlat devra bien accepter, qu'Édith a accepté...

« ... Car la plus grande preuve d'amour qu'elle m'ait donnée, est celle-là : n'avoir pas tenté de se débarrasser de l'enfant. »

Que dirait Sarlat ?... Refuserait-il son argent ?... Cela était possible. Mais outre qu'il ne laisserait vraisemblablement pas sa fille mourir de faim aux côtés de Jean-Luc, il restait que ce mariage devait introduire Jean-Luc dans un monde où il souhaitait entrer. Malgré lui, sa main se crispait et se serrait. Il forcerait Abel Sarlat à compter avec lui, Jean-Luc Daguerne, gamin misérable, aux semelles percées... Pour la première fois de sa vie, à la force et à la volonté d'un homme, il allait mesurer ses propres forces.

Le train s'arrêta. Des femmes montèrent, chargées de paquets, d'enfants, de gros bouquets de lilas mouillés et parfumés. En passant, chacune souriait au jeune garçon debout, dans le couloir encombré de valises, tête nue, ses cheveux en désordre retombant sur son front, et dressant avec une naïve arrogance son beau visage dur, éclairé de joie.

Enfin, on approchait de Paris ; lentement le brouillard se levait et montrait les cheminées noires, les premiers ponts sur la Seine. Enfin, Paris.

11

La banque Sarlat ressemblait moins au building que Jean-Luc avait imaginé qu'à un hôtel particulier, vieux et sombre.

On le fit entrer presque aussitôt dans le bureau d'Abel Sarlat, une pièce d'une hauteur de plafond inusitée, ornée de boiseries. Un grand rideau théâtral d'un rouge éteint était tiré devant la fenêtre et cachait le jour.

Jean-Luc regarda Abel Sarlat, assis derrière son bureau et qui le laissait avancer sans un mot. Jean-Luc avait à peine aperçu Sarlat, chez lui, dans la cohue des réceptions ; il ne se souvenait pas des traits de son visage. Il fut étonné de sa relative jeunesse. Il avait toujours pensé à lui comme à un vieux – « le vieux Sarlat ». Il paraissait jeune, maigre ; il avait les cheveux noirs ; seule la moustache était rare et grise. Son front était haut et fuyant, le nez gros, charnu, aux narines largement ouvertes ; l'éclat des lunettes voilait le regard.

Il parla le premier :

– Asseyez-vous, je vous prie.

Jean-Luc obéit sans un mot. Sarlat ôta ses lunettes, en essuya les verres, les éleva, les regarda en transparence. L'œil était petit, profondément enfoncé. Jean-Luc songea : « Le regard perçant ?... S'il était petit employé de la banque Sarlat, à douze cents francs par mois, lui trouverais-je le regard perçant ?... »

Il éprouvait un sentiment semblable à la déception.

Il y avait un tel contraste entre l'idée qu'il se faisait de la richesse, du pouvoir de Sarlat et son apparence... Mais ce regard, fixé sur lui, avait une force d'attention extraordinaire. Tout en cet homme savait se taire, non seulement sa voix, mais ses traits, ses muscles. On devinait qu'il avait souvent misé sur le silence, sur l'immobilité, sur la patience, pour avoir raison de rivaux plus ardents et qui se hâtent davantage.

Il avait une voix aux notes aiguës, posée haut, qui donnait une impression de nervosité, de faiblesse, et il s'efforçait de ne pas l'élever, de la tenir basse et murmurante. Ce fut presque un chuchotement que Jean-Luc entendit d'abord :

– Voici. Ma fille, Édith, m'a dit qu'il existait entre vous un projet d'union. Cela m'a semblé tellement invraisemblable qu'avant de prendre la chose au tragique, j'ai voulu vous voir. Vous êtes, n'est-ce pas, pauvre, d'une famille obscure, et sans travail ni métier d'aucune sorte ?

– Tout cela est exact, dit Jean-Luc.

– Donc... Vous comprenez vous-même que ce projet est insensé ?

– Que désirez-vous de moi, monsieur ?

– Simplement, l'engagement de ne plus revoir ma fille.

– Quelle plaisanterie..., fit Jean-Luc à mi-voix.

Il avait obtenu enfin ce qu'il désirait : mettre cet homme en colère, le forcer à donner sa pleine mesure. Sarlat sursauta ; sa voix se haussa d'un ton :

– Comment ?

– Mais, monsieur, je ne suis pas venu vous demander la main de votre fille. Édith vous a dit qu'il existait un projet d'union entre nous. Vous concevez que nous avons mûrement réfléchi et envisagé toutes les solutions, toutes les conséquences de cette décision, jusqu'à celle d'encourir votre extrême déplaisir, et que votre consentement nous est inutile.

– Mon argent ne vous sera pas inutile. Écoutez bien ; je pense que vous me ferez l'honneur de me croire, parce que vous me paraissez remarquablement averti du prix des choses. Édith n'a pas de fortune personnelle. Vous le saviez, je pense. Chez moi, il n'y a qu'un maître. Moi. Ceux qui ont besoin de moi doivent m'obéir. Ma fille m'obéira. Sinon, elle n'aura rien. C'est clair ?

– Nous nous marierons avec ou sans votre argent. Je n'ai jamais promis à Édith la fortune. Si j'arriverai à la nourrir ?... Mais oui, on arrive toujours à se nourrir. Depuis que je suis sorti du lycée, je n'ai jamais demandé un sou à personne, et je suis arrivé à vivre. Mal, j'en conviens, mais, enfin, j'ai toujours pu me payer une chambre et la nourriture. Ce que j'ai fait pour un, je le ferai pour deux. À la rigueur, ma femme travaillera. Vous pensez bien qu'en venant vous voir, je ne m'attendais pas à d'autres paroles de votre part ?... Mais l'argent est, de nos jours, une denrée si éphémère, si périssable qu'elle ne saurait influer en rien sur notre destinée.

– Vous êtes fou, dit Sarlat d'une voix aiguë et perçante qu'il ne parvenait pas à baisser.

« Ceci doit être chez lui le signe le plus perceptible de la colère, songea Jean-Luc : j'ai blasphémé l'argent. »

Mais Sarlat parut faire un effort violent pour se calmer ; de nouveau, sa voix n'était qu'un murmure :

– Je vous répète que je ne veux pas prendre la chose au tragique. J'ai été jeune moi-même. Je sais ce que l'on peut imaginer, espérer... Mais ceci... est impossible... Ce sont des rêves d'enfant. Il vous est impossible d'épouser Édith.

– Il m'est impossible de ne pas épouser Édith, dit Jean-Luc à voix basse : c'est très grave.

– Quoi ? fit Sarlat.

Il se souleva à demi. Un instant, les deux hommes se regardèrent sans un mot. Jean-Luc s'attendait à un éclat, mais jamais il n'avait vu des traits humains se convulser si soudainement, si étrangement dans la fureur. Sarlat se jeta sur lui, lui saisit les deux mains, mais il était petit de taille, à peine arrivait-il à la poitrine du jeune homme ; il sentit lui-même sans doute que la lutte serait odieuse et comique. Il s'arrêta :

– Elle est... Ma fille est votre maîtresse ?

– Oui.

– Et... il y a un enfant ?... Vous attendez un enfant ?... Petit s..., petit maître chanteur, misérable petit !... Je vous tuerai, je vous tuerai tous les deux !... Vous êtes deux...

Quand le déferlement d'injures se fut tu, Jean-Luc dit doucement :

– Ne croyez-vous pas que toutes ces paroles sont inutiles ? Le mal est fait maintenant.

– Le crime !... Ce que vous avez fait là est un crime !... Je devrais vous tuer !...

« ... Ces financiers sont les derniers romantiques », songea Jean-Luc. Il savait bien que Sarlat devrait consentir. Il ressentait cette lucidité surhumaine que donne la fièvre. Il s'éloigna de Sarlat, alla à la fenêtre, resta debout, les bras croisés, attendant que la colère de Sarlat se fût calmée.

Sarlat se rassit enfin.

– C'est une canaillerie, dit-il plus bas, qui n'est pas nouvelle, mais qui réussit toujours, qui a réussi d'autant mieux que vous aviez affaire à la seule jeune fille, vraiment jeune fille, de ce temps affreux d'immoralité et de bassesse ! Quand l'enfant doit-il naître ?

– Dans six ou sept mois.

Sarlat appuya ses deux mains sur son front. De très longs instants s'écoulèrent. Cet homme avait vraiment une capacité étonnante d'immobilité et de silence. Un éclair, Jean-Luc crut qu'il pleurait... Allons donc, c'était impossible, risible... Mais non, il ne pleurait pas. Il réfléchissait profondément, intensément, à l'abri de ses mains. Jean-Luc s'intéressait avec passion aux sentiments de Sarlat. Vraiment, il avait cru en l'innocence, en l'ignorance d'Édith ? La bonne blague... Édith, offerte à n'importe quel garçon qui eût désiré la prendre ; Édith, qui n'était que sens et n'avait pas plus de cœur ni de cervelle que la plus froide poupée !... Il la connaissait si bien maintenant. Et ce pauvre homme, si sincèrement indigné, si douloureux... C'était bouffon... touchant... Comme Édith lui ressemblait, pourtant. Elle avait les mêmes mouvements et ce regard... oui, la fixité de ce regard... à certains moments... Pourtant, ce Sarlat, lui, ne devait guère être tourmenté par les sens. C'était étrange... Il y avait en Sarlat, avec cette capacité d'attention, quelque chose de bizarre, qui rappelait la force d'absorption du maniaque, songea Jean-Luc.

Le temps passait pourtant. Sarlat ne levait pas la tête. Jean-Luc prit son manteau jeté sur une chaise :

– Préférez-vous m'écrire ce que vous avez décidé ? demanda-t-il doucement.

Lentement Sarlat abaissa les mains qui cachaient son visage :

– Vous avez fait le malheur d'Édith, mais le vôtre aussi, croyez-moi. Vous vous voyez déjà riche, heureux, le gendre d'Abel Sarlat, n'est-ce pas ?... Si vous saviez... si vous saviez comme vous êtes... comique... Vous avez si bien calculé... jusqu'à un certain point pourtant. Vous comprendrez plus tard ce que j'ai voulu dire. Alors, écoutez bien. Mais sans un mot, hein ? Sans un mot. Je ne veux pas entendre votre voix. Vous allez épouser Édith et vous aurez de moi juste le strict nécessaire pour ne pas mourir de faim, tous les deux. Quant à la dot, je regrette. Pas ça, pas un sou. Dès que l'enfant sera né, je vous préviens que je ferai tout au monde pour rompre ce mariage. Vous voilà prévenu ? Vous ne pourrez pas dire que je vous ai pris en traître ?

– Ce sera à moi de me défendre.

– Je vous défends de voir Édith avant que je lui aie parlé.

– Vous espérez encore que j'ai menti ?

– Taisez-vous ! Partez, maintenant ! Allez-vous-en ! Mais allez-vous-en ! cria-t-il, et de nouveau une expression d'aveugle fureur passa sur ses traits. Il s'arrêta, dit :

– Quand un assassin égorge devant vous votre enfant, on peut se défendre, et ici... Allons, partez... Je vous souhaite à tous les deux de ressentir, un jour...

Il se tut, ouvrit la porte devant Jean-Luc :

– Allez.

Jean-Luc partit.

12

Quelques semaines plus tard, le mariage eut lieu. Abel Sarlat ne versait aucune dot ; son seul cadeau au jeune couple consista en mille actions de la banque, qu'il fit déposer au nom de sa fille. De plus, tous les mois, son secrétaire devait envoyer trois mille francs à Édith.

Il avait pris prétexte de la mort récente de Laurent Daguerne pour exiger que le mariage fût célébré de la manière la plus simple. Il y eut une courte cérémonie à l'église. Édith était pâle, visiblement souffrante. Mme Sarlat, agenouillée, pleurait sous son chapeau rose. Abel Sarlat était abîmé sur son prie-Dieu, le front dans ses mains. Il était étrange de le voir ainsi... Au moment où le prêtre parlait, Jean-Luc vit son beau-père lever le visage. Il était livide, mais il ne regardait ni Édith, ni Jean-Luc. Il les avait oubliés. De nouveau Jean-Luc fut frappé de la fixité presque maniaque de ce regard. Enfin, Abel Sarlat baissa la tête et couvrit encore une fois sa figure de ses mains serrées. Dès que le mariage fut terminé, après un froid baiser sur le front de sa fille, il partit. Il leur avait laissé l'auto, et les jeunes gens quittèrent Paris pour Fontainebleau, où ils vécurent quelques jours. Avant son départ, Jean-Luc avait pu passer quelques instants avec Dourdan, et, à lui seul, il avait avoué que ce mariage, maintenant qu'il était accompli, ne lui donnait pas de joie, mais une inquiétude qu'il ne parvenait ni à comprendre, ni à maîtriser.

– Mais il le fallait, il le fallait..., répétait-il. Ce mariage, c'est un tremplin !

Des quelques jours passés à Fontainebleau, Jean-Luc ne garda d'autres souvenirs que celui de flots de froide et lourde pluie, ruisselant sur les vitres de l'hôtel d'Angleterre, et d'un lit en désordre, où il se réveillait parfois, au petit matin, rêvant qu'il était encore dans sa misérable chambre, au-dessus du Ludo, et ne comprenant pas pourquoi ce corps chaud de femme était couché à côté de lui.

Après la mort de Laurent Daguerne, la maison du Vésinet était vide : la famille était partie jusqu'en octobre en province, chez une parente de Mathilde. Ce fut là que les jeunes Daguerne décidèrent de vivre jusqu'à la naissance de l'enfant. Le samedi, ils allaient à Liré, la propriété des Sarlat, en Seine-et-Marne, et ils y restaient jusqu'au lundi. Liré était une maison très belle, entourée de prés, de vergers, de bois, de telle façon que n'ayant qu'un jardin de médiocre étendue, elle paraissait cependant dominer toute la province. Aussi loin que pouvait aller le regard, il ne rencontrait que des arbres et des champs.

Sarlat arrivait le samedi dans la soirée, très tard, et repartait le surlendemain. Il était entouré de sa cour habituelle : Calixte-Langon, Armand Lesourd, d'autres hommes encore, financiers ou politiciens. Jamais il n'adressait la parole à Jean-Luc. Pendant les dîners du dimanche, Jean-Luc occupait une des dernières places, au bas bout de la table, entre l'ancienne gouvernante d'Édith et le secrétaire de Sarlat.

Seule, sa belle-mère parfois lui souriait, mais à la dérobée, avec timidité, craignant visiblement d'enfreindre les ordres stricts de Sarlat. Sarlat lui-même parlait peu. Jamais, à cette table, n'était tolérée une allusion libertine ou simplement légère. Les dîneurs criaient tous à la fois, riaient. Mais lui se contentait d'écouter, la tête penchée, avec cette expression méditative et presque triste qui frappait tant Jean-Luc.

Par les crépuscules d'été, on n'allumait pas les lampes ; la lumière venait du jardin et coulait entre les feuilles. Lise Sarlat laissait retomber de chaque côté de son assiette ses longues manches de dentelle. Certaines femmes restent marquées d'une année, d'une date qui a été sans doute la plus importante de leur vie ; elle portait en filigrane, eût-on dit, les millésimes 1910-1912. Ses beaux yeux noirs, son teint pâle, ses bras maigres, cette coiffure en paquet sur le front, tout lui composait une figure étrange, hors du moment présent. Elle était très douce ; elle avait la délicatesse, la bonté des femmes qui n'ont connu que le climat égal du bonheur ; elle croisait ses mains devant elle avec des mouvements charmants de mollesse et d'abandon. Quand les convives se taisaient un instant, on l'entendait dans le silence demander à son voisin, avec l'accent de la plus authentique angoisse :

– Mais vous croyez que Mauriac a raison de peindre le monde sous des couleurs si atroces ?... Moi, je ne cherche que le côté exquis des choses.

Une écharpe rose entourait son cou et ses épaules ; elle jouait distraitement avec les longs pans de mousseline, en couvrait ses mains et regardait avec un joli sourire tendre ses doigts pâles à travers l'étoffe légère.

De Langon, l'ami de la famille, et que chaque dimanche ramenait à Liré, elle disait :

– Quel être exquis... Il a une sensibilité de femme, d'artiste, une âme si belle...

D'une femme connue pour son inconduite :

– Pauvre petite, elle a un charme fou... Elle a une mauvaise réputation, mais à moi, elle ne me cache rien. Sa vie est irréprochable.

D'Armand Lesourd :

– Si vous le connaissiez comme moi... Il a été

odieusement trompé par une femme en qui il avait mis toute sa confiance. J'ai vu sa douleur. C'était atroce.

Sa faiblesse était de croire que tous et toutes la prenaient pour confidente, pour amie.

– Je suis la camarade de ma fille, disait-elle, et de son mari, qui, ni à elle ni à d'autres, n'avait jamais parlé de ses affaires ou de ses plaisirs :

– Il n'entreprend rien sans me consulter. Il est perdu sans moi.

À Liré, elle vivait étendue dans un petit salon mauve et jonquille, aux murs ornés de livres précieux. Elle était la dernière des bibliophiles : elle n'avait jamais coupé les pages des précieux grands papiers enfermés dans les bibliothèques aux grilles d'or.

– Les beaux livres, disait-elle en fermant à demi les yeux, ne se lisent pas, mais se respirent comme des fleurs...

Sur une petite table, à côté d'elle, était toujours posé un Shakespeare, édition de poche, relié de daim gris. Elle ne l'ouvrait jamais, mais, lorsqu'elle descendait au jardin, on entendait sa voix plaintive, appelant la femme de chambre :

– Juliette, mes gants, mon ombrelle et mon Shakespeare...

À table, pendant les longs dîners, Jean-Luc n'ouvrait pas la bouche, mais regardait et écoutait de toute son âme.

Il entendait parler Calixte-Langon ; il regardait ses beaux yeux vifs qui erraient dans l'espace sans jamais se fixer. Il écoutait la voix de Langon, cette voix célèbre, dont Lise Sarlat disait :

– Le ministre a une voix de sirène, tantôt douce et caressante, tantôt aux sonorités presque métalliques.

Avec quelle perfection il en jouait, comme de tout son visage, de ses traits, de ses belles mains, remarquables de finesse, d'agilité, les doigts en fuseaux, un peu renflés vers les phalanges et effilés du bout, des mains de prestidigitateur, d'illusionniste. Parfois il les élevait jusqu'à sa bouche, les croisait doucement sous ses lèvres et de là, la moitié du visage masquée, il lançait sur les convives des regards qu'il eût voulus perçants, scrutateurs, mais qui étaient si éclatants, si mobiles qu'on ne voyait d'eux que la flamme et aucune pensée.

Il répugnait à parler de chiffres, de faits, mais il était à son affaire lorsqu'il était question d'idéal, d'abstractions.

Il disait, avec une nonchalance charmante :

– Soyons précis, et même un peu secs...

Et c'était le lyrisme, l'envol.

Sa bonhomie était délicieuse. Parfois, il tentait de la voiler ; il fumait son cigare avec l'expression méditative et concentrée de l'enfant au sein et laissait murmurer autour de lui :

– Le ministre est soucieux, ce soir...

Mais bientôt, cela l'assommait. Il riait, faisait du charme, plaisantait, s'enivrait d'approbations, de louanges, et jetait de côté et d'autre des clins d'œil ravis, malicieux, complices, comme s'il eût pensé :

« Suis-je drôle, hein ?... Et avec cela, personne n'est plus sérieux que moi, vous savez ?... Je suis littéralement in-fa-ti-gable !... »

On l'écoutait avec un mélange de flagornerie apparente et de moquerie cachée, puis, dès qu'il se taisait un instant, tous les hommes parlaient à la fois, à un diapason aigu, nécessaire pour dominer le tumulte de vingt ou vingt-quatre personnes assemblées dans un petit espace. Les femmes, en général un peu ternes, écoutaient sans rien dire, un vague sourire figé sur leurs lèvres ; elles croisaient leurs mains devant elles, de façon à donner tout leur éclat aux belles bagues dans les derniers rayons du soleil.

Puis Armand Lesourd prenait à son tour la parole. Celui-là était tout chair et tout muscles, épais, le teint coloré, le nez gros, mais les narines fines et mobiles, la bouche bien rouge et bien grasse, les cheveux bruns, drus, formant un épi au-dessus du front, l'oreille sanglante, fortement ourlée. Il avait l'accent bourguignon, rocailleux, l'élocution lente. Il disait : « Mon vieux fonds d'avarice paysanne... » et « Ma prudence de paysan... » Il se laissait aller à un véritable lyrisme lorsqu'il était question de son village, de sa maison, quoique dans l'ordinaire ses discours eussent moins d'éclat que ceux de Calixte-Langon. Lui-même le sentait et tâchait de vaincre par l'ironie lourde, un accent de sincérité paysanne, mais quand il parlait de « son bout de terre » (« – J'ai, moi aussi, un lopin de terre », disait-il), il le célébrait en termes dont la chaleur et la poésie faisaient froncer le sourcil à Langon ; le ministre se penchait vers sa voisine et disait à voix basse :

– Ce brave Armand, lorsqu'il dit avoir gardé les brebis dans son enfance, oublie que c'était par manière d'aimable passe-temps : son père était millionnaire et le roitelet du pays. Moi, du moins, je sais ce que c'est que la terre ; j'ai une bicoque dans le Périgord, où je passe mes vacances. Mais il est juste de dire qu'il retrouve le sol natal tous les quatre ans, au moment des élections.

Dans le petit œil profondément enfoncé de Lesourd s'allumait une sourde lueur. Ces deux hommes, visiblement, se haïssaient, mais Lesourd se voyait lui-même sous les traits d'un bon gros qui oublie facilement l'injure, tandis que Calixte-Langon ne pouvait croire que son pire ennemi n'eût pour lui au fond de son cœur une certaine tendresse. Ils se souriaient par-dessus les roses :

– Ce bon Langon...

– Ce brave Lesourd...

Pourtant, vers la fin de juin, on cessa de les inviter ensemble. Armand Lesourd avait pris parti ouvertement contre le ministère et tâchait de couler Langon.

Dès ce jour, ils alternèrent à la table des Sarlat : un dimanche l'un, un dimanche l'autre.

Cependant, le dîner finissait. Jean-Luc descendait dans le jardin désert. L'été, cette année-là, était pur et ardent, sans un souffle de vent, sans un nuage. Vers le soir, le ciel, au-dessus de la rivière, formait un faisceau de flammes. Jean-Luc marchait lentement, perdu dans de sombres pensées. Il ne trouvait aucun travail malgré ses efforts. Plus d'une fois, il avait pensé que son beau-père n'était pas étranger à ses échecs successifs. Jean-Luc serait toléré par Sarlat jusqu'à la naissance de l'enfant, mais il fallait qu'Édith trouvât au plus vite l'existence impossible. Grâce à la maison du Vésinet, libre jusqu'au mois d'octobre, ils pouvaient passer l'été à peu près tranquilles, mais en automne ?... Que ferait-il ? Continuerait-il à accepter l'argent de Sarlat, l'aumône jetée jusqu'au jour où Édith demanderait le divorce ? Déjà, elle regrettait de l'avoir épousé, mais elle était encore à ce moment du mariage où une femme a honte d'être malheureuse, où sa première préoccupation est de « sauver la face ». Que ferait-il ? Comment vivrait-il ?... Jamais il n'eût cru possible d'être tenu ainsi à l'écart, d'une manière aussi vigilante, aussi implacable !... Pour tous ces hommes qui formaient la cour habituelle de son beau-père, il n'était qu'un enfant sans importance. À peine le voyaient-ils. Jamais aucun d'eux ne lui adressait la parole autrement que pour de vagues formules de politesse, et lui-même, timide encore, se sentait trop étranger parmi eux pour jouer, avec succès, le rôle du fils de la maison.

Il marchait lentement sous les fenêtres. Il regardait les hommes qui passaient derrière les vitres allumées, comme un amoureux déçu cherche l'ombre des femmes qu'il ne peut posséder. Il savait que, maintenant seulement, commençaient les affaires sérieuses, le véritable trafic d'argent et d'influence dont il était exclu. Il sentait qu'il se passait là des accords, des traités, quelque chose de lourd, de substantiel, de sérieux, de presque menaçant qu'il pressentait sans le connaître. Être jeune, savoir que l'on enferme en soi l'ardeur, le désir, la volonté, une intelligence aiguë, lucide et ne pouvoir rien !... Tous ces hommes, d'un mot, pouvaient combler son ambition, sa soif de bonheur, et ils l'ignoraient, ils s'attachaient des pantins sans esprit ni honneur, comme ce Cottu que Calixte-Langon traînait dans son sillage, comme d'autres. Ne connaissant rien de ce monde où il avait voulu entrer, il avait bien deviné pourtant qu'il était celui de la facilité, des portes ouvertes sans effort, sans bruit, mais pas pour lui !... Ils comprenaient que Sarlat le haïssait : Jamais ils ne feraient rien pour lui !... Ils étaient tous par quelque côté les obligés de Sarlat : ils avaient peur de lui. Et pourtant, autour de lui, la manne tombait sur d'autres. Chaque jour il entendait :

– Faites donc quelque chose pour Un Tel... Il n'est pas fort, mais c'est un gentil garçon...

Ou :

– Fais décorer Durand.

– Mais c'est une canaille.

– Mais c'est l'ami de Chose...

Tout se trafiquait sous le signe de l'amitié, de la confiance, des services donnés et reçus, et si aisément... D'un mot, d'un sourire, d'un haussement d'épaules, des imbéciles étaient portés aux nues, des voleurs pardonnés, des hommes sans vertu ni esprit, enrichis de grasses sinécures. À voir les honneurs et les richesses tomber ainsi en pluie aveugle sur d'autres, il ressentait une rage, une tristesse sans égale, un sentiment de spoliation furieuse. Il était affreux de voir le monde avancer autour de soi et soi-même rester immobile, malgré de terribles, de vains efforts. Il lui semblait que sa vie était définitivement perdue. Il n'y avait pas de supplice comparable à l'appréhension de la défaite. La défaite consommée, il l'eût acceptée avec courage. La certitude qu'il n'était rien l'eût calmé. Mais non, il restait un espoir douloureux que les autres se trompaient, que la conscience qu'il avait de soi ne pouvait être une erreur. Et pourtant, le temps passait, sa jeunesse passait et il n'avait rien !... Il n'avait rien obtenu que le pain et le gîte et une femme qu'il n'aimait plus. Là-haut, la lampe d'Édith s'allumait, puis s'éteignait. Elle était couchée. Lentement, il montait la rejoindre.

13

L'enfant devait naître, au commencement de l'automne. Il avait été entendu qu'Édith s'installerait chez les Sarlat, à Liré, pour l'accouchement, mais les douleurs survinrent un soir, si tard, que Jean-Luc résolut de faire venir au Vésinet le médecin et la garde. Il les attendait maintenant. Il était seul, en bas. Dans leur chambre, Édith était couchée, folle de peur. Cette peur abjecte l'irritait et le troublait en même temps : il ne pouvait s'empêcher de craindre un avertissement du destin... Quand il avait entendu les premiers gémissements de sa femme, quand il avait vu ce visage pâle et angoissé, il avait ressenti pour elle un retour de tendresse. Il s'était approché d'elle, lui avait pris la main, mais elle l'avait repoussé, elle avait murmuré avec effort : « Laisse-moi !... Va-t'en ! » Elle paraissait le haïr. Il savait qu'elle avait cessé de l'aimer du jour où son état leur avait interdit de vivre comme mari et femme... Il l'avait laissée et il était parti sans un mot.

C'était un soir d'octobre étouffant. Cette année-là, l'été semblait ne pas pouvoir se résigner à finir ; la pluie elle-même n'apportait pas de fraîcheur ; dès que les gouttes cessaient de tomber sur le rebord de zinc des fenêtres, on entendait siffler les moustiques au plafond. Un mince croissant de lune éclairait les branches des sapins, pressées contre les vitres. Jean-Luc sortit de la maison.

Il n'avait pas fait appeler les parents d'Édith. Pour téléphoner, il fallait marcher jusqu'à un petit hôtel, à quelque distance de là ; il n'osait pas laisser une fois de plus Édith seule ; surtout, il redoutait la présence de sa belle-mère et ses effusions.

Il marchait lentement dans la petite allée, sous les fenêtres d'Édith, autour du bosquet effeuillé, jadis planté de lilas. Une odeur d'essence, de poussière, de marais passait dans le vent. La nuit n'avait pas la sérénité, la pureté des nuits campagnardes ; à chaque instant, une auto passait, les freins grinçaient ; un train faisait entendre un long et doux sifflement ; Jean-Luc s'avançait sur le seuil, écoutait les soupirs d'Édith, sortait de nouveau. Que les heures étaient longues !...

Son enfant allait naître... Quel étrange sentiment, lorsqu'on est jeune, que la vie vous presse de toutes parts, de penser qu'un enfant va naître, qu'on a donné naissance à un être humain... Cette vie que l'on commence à peine à goûter, à connaître, déjà il faut la partager, bientôt, il faudra la céder... Il ressentait de l'effroi. Aucune joie. Vraiment, se réjouir d'avoir un fils, lui, Jean-Luc Daguerne, qui n'avait pas même été capable jusqu'à présent d'assurer aux siens le pain quotidien ?... « Mais il sera un petit Sarlat, il ne manquera de rien, un gras petit banquier... » Malgré tout, un étrange remords l'envahissait : cet enfant... cet otage... Et Édith ?... Ses souffrances le laissaient de glace.

Il revint dans la maison. Il éteignit les lampes, qui attiraient tous les moustiques du Vésinet, cette nuit, semblait-il... Il alluma la lanterne du perron pour signaler l'entrée au médecin et à la garde. La lumière passait à travers les vitres ; et puis, ce salon, il le connaissait si bien... Il y marchait au hasard en aveugle, sans se heurter aux murs... Voici le fauteuil où le vieux Daguerne était assis la veille de sa mort... Il avait dit, ce jour-là... Qu'avait-il dit ? Ces paroles qu'il avait écoutées sans les entendre, voici qu'elles revenaient tout à coup le frapper, le troubler... « Tu étouffes en toi la jeunesse... Prends garde... » Garde à quoi ?... Mais c'était un étrange paradoxe d'arriver à perdre sa vie en voulant si ardemment la sauver... Sacrifier sa vie pour avoir la possibilité de vivre !... Car il n'était pas heureux. Il n'avait rien. Des espérances déçues. Ni amour, ni dévouement dans le cœur.

« C'est sa faute, songea-t-il en regardant les fenêtres d'Édith. Si elle avait compris... »

Tout à coup, il entendit une auto s'arrêter devant la maison. Il courut, ouvrit la porte et vit Sarlat qui entrait. Il demanda :

– Comment ?... Vous saviez donc ?...

– Non. Quoi ?

– L'enfant va naître. J'attendais le médecin et la garde.

– L'enfant va naître ? murmura Sarlat.

Jean-Luc alluma la lampe et regarda avec étonnement le visage défait de Sarlat. Il demanda :

– Vous voulez voir Édith ?

– Est-ce qu'elle souffre ? fit Sarlat à voix basse.

– Je ne crois pas. Pas encore...

– Non, je... je la verrai plus tard...

Il se tut, puis dit tout à coup :

– Je passais. Je repars à l'instant.

Il s'approcha de la fenêtre et demeura immobile.

– Vous avez dîné, n'est-ce pas ? dit Jean-Luc.

– Dîné ?

Sarlat parut s'éveiller d'un rêve :

– Ma foi non, je n'ai pas dîné... J'ai eu une journée très fatigante.

Il répéta plus bas, d'une voix sans accent :

– Très fatigante.

Jean-Luc lui offrit de partager ce qui restait du repas.

– Pas grand-chose, je vous avoue, et la domestique est partie. Elle ne couche pas ici. Mais je peux réchauffer du café.

– Je veux bien, dit Sarlat.

Jean-Luc alla à la cuisine. Quand il revint, portant une tasse de café noir et une tranche de viande froide, il vit Sarlat assis au milieu de la pièce, les mains croisées sur sa poitrine, regardant attentivement devant lui. Brusquement, Jean-Luc sentit le désastre. Plus tard, il ne sut jamais comment il avait pu deviner, mais, en cette seconde, il pensa :

« Cet homme est touché... »

Cette aura de malheur et de ruine qu'il avait appris à reconnaître dans sa jeunesse entourant son propre père, voici qu'elle était là de nouveau... Il eût pu l'appeler par son nom, comme une vieille et fidèle amie.

Il se détourna, pour ne pas paraître interroger Sarlat, même du regard. Il lui tendit la tasse :

– J'ai mis deux morceaux de sucre. La tasse est grande.

– Je ne connaissais pas cette maison, dit Sarlat.

– Non. Elle est laide, n'est-ce pas ?

On entendait une voiture approcher : cette fois-ci, c'était l'accoucheur et la garde. Jean-Luc les fit entrer, et tous trois montèrent chez Édith. Elle était couchée sur le côté, le visage éclairé par la lumière d'une lampe à son chevet ; ses traits paraissaient moins douloureux qu'irrités contre la souffrance. Elle demanda :

– Pourquoi n'êtes-vous pas monté aussitôt, docteur ?

– Le docteur vient d'arriver, dit Jean-Luc.

– Je vous ai entendus parler en bas.

– Ton père est là, dit Jean-Luc, en baissant la voix.

– Papa ? murmura Édith : tu l'as fait prévenir ?... Et maman est là ?

– Elle sera là tout à l'heure, calme-toi...

Il voulut caresser ses cheveux défaits. De nouveau, elle le repoussa :

– Laisse-moi !... J'ai mal, j'ai peur ! J'ai peur, répéta-t-elle en claquant des dents : va-t'en !

La garde, qui glissait sans bruit sur le plancher de ses grands pieds chaussés de toile, murmura à l'oreille de Jean-Luc :

– Il vaudrait mieux, effectivement, laisser madame...

– Tout se passera le mieux du monde, fit l'accoucheur en haussant les épaules : ne vous inquiétez pas.

Jean-Luc redescendit. Abel Sarlat n'avait pas bougé. Il regarda avancer Jean-Luc, demanda de la même voix étrange, sans timbre :

– Elle souffre ?

– Le docteur assure que tout se passera bien.

– Mais certainement. Pourquoi non ? C'est si simple. La naissance ou la mort d'un homme, qu'y a-t-il de plus simple ?... Hein ? fit-il tout à coup avec un accent d'angoisse.

– Monsieur, vous paraissez malade, dit Jean-Luc en s'approchant de lui. Est-ce que je puis vous aider ?

Sarlat tressaillit :

– Malade ?... Oh ! je me porte à merveille. Je suis fatigué seulement, j'ai eu une journée harassante...

Il se tut :

– Qu'est-ce que je disais ?... Oui, harassante... J'étais à Paris de bonne heure... J'ai vu des gens, de beaux salauds, entre parenthèses... Les gens sont de beaux salauds, mon petit. Je crois que nous n'avons jamais parlé bien intimement. Mais ce que je vous dis aujourd'hui, c'est le fond même de ma pensée. Les hommes sont immondes.

Il se tut de nouveau, passa avec lenteur la main sur son front.

– Je n'avais pas envie de rentrer chez moi. Je voulais embrasser Édith. Maintenant, il est trop tard. Je m'en vais. Je ne la verrai pas. Vous lui direz que je voulais la voir.

– N'attendrez-vous pas l'enfant ?

– L'enfant ?... Ah ! Oui...

Il parut prêt à demander : « Quel enfant ? »

– L'enfant ?... Peut-être, oui... J'attendrai un peu... Mais renvoyez le chauffeur. Il n'a pas dîné. Qu'il aille manger un morceau au village, et qu'il vienne me prendre dans une heure.

Quand Jean-Luc revint, Sarlat avait ouvert la T.S.F., mais très bas. Elle chuchotait à peine. Le poste appartenait à Édith. Dans la pauvre chambre en désordre, ce petit coffret luxueux étonnait. De longs moments s'écoulèrent. Jean-Luc fumait. Sarlat tournait sans cesse le bouton de la radio, et un doux sifflement où se mêlaient des paroles étrangères et des musiques différentes, soupirées, murmurées à peine, comme à demi dissoutes dans l'espace, emplissait la pièce. Le premier cri d'Édith leur parvint brusquement aux oreilles. Jean-Luc, un peu pâle, se leva. Sarlat arrêta la T.S.F. Le cri fut suivi d'un instant de silence. On entendit battre la pendule, puis un autre cri, semblable au cri d'une bête.

« Cela vieillit, une nuit pareille », songea Jean-Luc.

– Vous n'allez pas auprès d'elle ?

– Non. À quoi bon ? fit Jean-Luc, les dents serrées.

Malgré tout, il quitta le salon, monta quelques marches et là, dans l'escalier obscur, appuyé, effacé contre le mur, il attendit. Les cris d'Édith devenaient plus effrayants, plus aigus. Jean-Luc ressentit tout à coup le désir intense d'être seul ; il regarda avec haine le dos de Sarlat à travers la porte ouverte :

« Qu'est-ce qu'il est venu faire ici... Accourir embrasser sa fille à onze heures du soir, sans avoir dîné, toutes affaires cessantes ? Il doit être, pour le moins, à la veille du suicide ?... Mais non, il a bu. Je l'ai toujours soupçonné de boire, ou quelque chose d'analogue. Il est trop austère, trop chatouilleux sur les questions de morale et de contrôle de soi. Ces êtres-là ont des vices cachés. »

Encore un cri, perçant, hideux, traversa la maison. Jean-Luc oublia la présence de Sarlat. Il ne bougeait pas. Il étreignait la rampe de la main. Le temps coulait avec une extraordinaire lenteur. De nouveau, Sarlat ouvrit la radio, qui portait vers la chambre silencieuse toutes les voix de la terre ; elles résonnaient dans l'ombre comme la mer au creux d'un coquillage.

Un peu plus tard, Jean-Luc écarta la garde, entra dans la chambre où il vit le docteur paisiblement assis dans un fauteuil, près du lit, lisant et annotant un livre. La garde tenait la main d'Édith, à demi soulevée sur le lit, arc-boutée en avant, effrayante, les cheveux collés sur sa figure en sueur.

– Je ne peux pas le supporter, dit-elle à voix basse entre deux cris.

Le médecin murmura :

– Tout à l'heure... Un peu de patience, ce n'est rien...

Jean-Luc n'entendit pas ce qu'elle criait. Il était plus calme pourtant. Il apporta différents objets demandés par la garde et sortit. De nouveau, l'obscurité et le silence, plus profond, plus pesant dans l'intervalle des cris... Puis, brusquement ce miaulement aigu que l'on n'oublie jamais...

– Un garçon ! cria la garde à travers la porte fermée.

Quelques instants plus tard, Jean-Luc entra, embrassa sa femme, mais elle demeurait contractée, défiante sous sa caresse. Elle dit faiblement :

– J'ai tant souffert... Si j'avais su... Mais toi, tu es content, maintenant. C'est cela que tu voulais ?... L'héritage est assuré !

Déjà, le médecin, pressé boutonnait son pardessus, disait qu'il reviendrait le lendemain, partait. La garde dont c'était davantage le métier de respecter les délicatesses du sentiment, alla chercher « le grand-père ». Sarlat vint. Il embrassa sa fille, regarda l'enfant nouveau-né. Il ne paraissait pas se lasser de contempler ce petit être rouge et nu. Enfin, ses lèvres se contractèrent doucement. Il dit d'une voix sourde :

– C'est comique...

Puis il sortit, si vite que Jean-Luc, quand il arriva dans le jardin, le vit monter dans l'auto et partir. Il songea :

« Cet homme est devenu fou ma parole, ou bien... »

Il n'acheva pas et, pensif, revint vers la vieille maison qui abritait un nouveau venu sur cette terre.

14

Le lendemain matin, Jean-Luc téléphona de bonne heure à Liré ; on lui dit que Sarlat était rentré tard et dormait encore, « que madame comptait arriver vers dix heures au Vésinet ». Il but une tasse de café, lut les journaux, puis remonta lentement chez lui : il était à mi-chemin quand il fut rejoint par un gamin à bicyclette, le fils de l'hôtelier, porteur d'un message téléphoné. Il lut :

« Venez immédiatement. Un grand malheur est arrivé. Lise. »

Malgré sa hâte, il ne put être à Liré avant midi. Sarlat était mort. Aussitôt après le coup de téléphone de Jean-Luc, Lise était entrée chez son mari et l'avait trouvé couché dans son lit, inerte déjà. Il avait avalé le contenu de deux tubes de véronal. On ne put le ranimer.

Les domestiques racontèrent cela à Jean-Luc, qui fut traité par eux ce jour-là avec une déférence et une attention qu'il n'avait jamais obtenues d'eux et qu'il ne devait plus obtenir.

Lise Sarlat passait alternativement par des crises de désespoir ou de stupeur ; elle n'avait pas eu l'intelligence de se taire, et, déjà, quand Jean-Luc arriva, la maison était pleine de monde. Ce fut là ce qui frappa Jean-Luc et ce qu'il ne devait jamais oublier, tous ces visages inconnus, qui ne feignaient même pas le deuil ou la compassion devant la veuve, qui marchaient par toute la maison, comme chez eux, qui cherchaient et réclamaient des papiers dont Sarlat avait, disaient-ils, la garde, qui finissaient par élever la voix et exiger que l'on ouvrît le bureau du mort.

Parmi eux, Cottu, que Jean-Luc avait souvent vu à Liré dans le sillage de Langon, passait et repassait, affairé, bourdonnant comme une grosse mouche sur un cadavre. Vers le soir, quand enfin la maison fut vide, tous ayant fui, il s'attacha aux pas de Jean-Luc. C'était un homme gras, vêtu de noir, avec ce teint pâle des Méridionaux qui, à Paris devient livide, le visage entouré d'une barbe brune en collier, la bouche extrêmement rouge et charnue, les petits yeux vifs et éclatants. Il s'offrit à aider Jean-Luc pour toutes les démarches nécessaires et l'entraîna dans la salle à manger dès qu'il fut huit heures.

Ils étaient seuls. Par habitude, les domestiques avaient disposé la table comme ils l'avaient fait quotidiennement, avec le plus grand luxe ; Sarlat avait toujours aimé cela... Les dernières roses de la saison ornaient la nappe.

Cottu fit allumer les lampes et dit au domestique :

– Il reste l'armagnac de ce pauvre monsieur ?... Vous permettez, mon cher ami ? fit-il en s'adressant à Jean-Luc.

Jean-Luc acquiesça d'un signe de tête. Cottu continua quand le domestique fut sorti :

– La cave, ici, était excellente... Vous n'en aurez guère profité... Vous êtes vraiment mal tombé. Mais aussi, qui aurait pu le prévoir ? Vous n'êtes naturellement au courant de rien ?

– Mais je vais l'être, dit Jean-Luc avec un imperceptible sourire.

– Sarlat n'était intime avec personne, et avec vous, pardonnez-moi, il paraissait l'être moins encore qu'avec les autres. Cela est fréquent... Mais vous voulez savoir le fond de l'histoire, hein ? Naturellement, tout Paris est au courant, et, depuis quelques jours, on attendait le scandale ou le suicide. En deux mots, voici. Je passe les détails de la gestion de la banque. Qu'il vous suffise de savoir que, normalement, elle devrait être sous le coup de poursuites légales. Mais voici le dernier trait. Sarlat avait besoin d'argent. Il a fait réescompter par sa banque des traites de complaisance, tirées par la Société des mines de Villendieu sur les Moulins Berger, ces deux sociétés lui appartenant. Ces traites ont été renouvelées deux fois et à l'échéance définitive, n'ont pu être payées. Bon. Sarlat ne s'affole pas. Il se souvient que Calixte-Langon, son ami Calixte-Langon, ministre à présent, était un des administrateurs de la société, il n'y a pas si longtemps de ça... Il se dit que Langon arrangera l'affaire, Langon, qui peut être si facilement compromis dans le krach inévitable. Mais Langon se défile. Langon se dégonfle. Langon, vous comprenez, pour lui non plus, en ce moment ça ne va pas tout seul... Hé non... Vous vivez tranquille, vous, jeune homme, vous filez le parfait amour avec cette charmante jeune dame... Au fait, quel coup pour elle... Et vous ne vous doutez pas à quel point la vie est difficile pour les gens en place !... Langon est attaqué de toutes parts maintenant. Il reçoit Sarlat... (Cela s'est passé hier.) Il hésite, temporise, refuse. Car ce qu'il y a là-dedans de véritablement tragique, c'est que Langon, vous pouvez m'en croire, est un honnête homme. Il n'a jamais rien compris aux affaires de banque. Que voulez-vous ?... Nous ne sommes pas des esprits universels... Il ne comprend rien à ce que Sarlat lui raconte, craint de se compromettre et se dit que Sarlat arrangera l'affaire sans lui. Il avait beaucoup d'estime pour Sarlat. Et voici que votre beau-père se suicide. Langon, lui, ne ferait pas ça. Langon est plus malin. Il sait qu'à Paris et dans un certain monde il y a prescription. Pour un délit de droit commun, deux ans. Pour un assassinat, trois ans au plus... Mais Sarlat, voyez-vous, c'était un homme qui avait deux vices. Vous ne buvez pas ?

Jean-Luc tendit silencieusement son verre.

– Deux vices... L'un, celui qui nous occupe en ce moment, c'est la vanité. Plus snob que cet ancien tonnelier de Libourne, vous pouvez chercher, cela n'existe pas. Pour baiser la main d'une duchesse, pour recevoir, chez lui, traiter à sa table Monsieur l'Ambassadeur, pour donner de soi une certaine idée, une certaine impression... il a mieux aimé se tuer que perdre tout cela, que voir se fermer devant lui certaines portes. Ne vous y trompez pas. Un homme se tue rarement pour de l'argent perdu. Il se tue plus facilement pour ne pas déchoir dans l'esprit des autres. C'est cela qu'on nommait autrefois la crainte du déshonneur. C'est la vanité. Un homme ne se voit jamais comme il est. S'il avait le courage de s'avouer : « Je suis une canaille, un voleur ! » il serait plus fort que les autres, il serait sauvé. Mais un homme qui agit comme un voleur et qui s'est persuadé toute sa vie qu'il agit comme un honnête homme, qui le croit, qui croit que les autres le croient, ne supporte pas de voir changer l'idée que les autres peuvent avoir de lui. Et puis, on a beau crâner... Il y a certaines sensations que l'on pressent, que l'on n'a jamais éprouvées, mais que l'on pressent. Le procès, les mains qui refusent de serrer la vôtre, la prison...

Il se renversa sur sa chaise, huma la vieille eau-de-vie. Il avait l'élocution facile, les gestes amples, étoffés, la voix grasse, chauffée par le vin, la nourriture, un secret contentement.

– Maintenant, vous voulez savoir comment l'argent est parti ? Mais d'abord, rappelez-vous, Sarlat, austère, silencieux, froid, qui ne souffrait en sa présence aucun propos libre ou simplement léger. Vous devinez ?

– Une maîtresse ?

– Une ?... Dix, cent, mille... mon cher. Mais cet homme s'est ruiné pour les femmes. C'est le dernier de la race, je crois ! Après, il n'y en aura plus. Mais sa fortune a fondu dans les mains des femmes. Il les aimait grasses, du genre Mae West. Et remarquez que personne ne le savait. Langon lui-même ne se doutait de rien. Moi, j'avais été frappé de certaines choses...

Il se tut, dit à voix basse :

– J'avais appris qu'une certaine maison de Paris vivait presque uniquement des largesses de votre beau-père. Il avait des goûts...

– Alors, si je comprends bien, il ne reste rien.

– Ah ! pour cela, je ne sais pas, il faut attendre l'inventaire. Mais les dettes doivent être bien au-dessus de l'actif.

– La mort de mon beau-père éteindra-t-elle toutes poursuites judiciaires ?... Y aura-t-il un procès ?

Cottu écarta les bras :

– Ah ! ça, je ne sais pas... Cela dépend des possibilités de Langon. Cela dépend de beaucoup de choses. Mais, en ce qui vous concerne, je crois que le plus sage serait de renoncer à l'héritage. À ce propos, on m'a dit que votre beau-père vous avait fait présent de 1 000 actions de la Banque ?... C'est bien le chiffre, n'est-ce pas ?... Le reste des actions, celles dont la loi lui permettait de disposer, du moins, il les avait rachetées, il les possédait lui-même, lui seul... Cela est également typique... C'était un tyranneau... Vous avez dû en savoir quelque chose, hein ?... Tout cela est assez terrible pour vous, jeune homme, mais instructif, oh ! combien... Vous voyez la vie sans fard, les hommes sont des s...

– C'est précisément ce que me disait mon beau-père hier soir, dit Jean-Luc.

– Comment, vous l'avez vu ?

– Oui.

– Ah ! fit simplement Cottu.

Il se rejeta sur le dossier de sa chaise et caressa doucement sa barbe. Enfin, il sourit à Jean-Luc.

– Disposez de moi, mon cher ami, en cas de besoin... Est-ce promis ?

– Certes, murmura Jean-Luc.

Le domestique entra, disant que Madame était auprès du corps et demandait ces messieurs. Le reste de la nuit ne fut que larmes et cris de Lise. Vers le matin, Jean-Luc veilla son beau-père pendant quelques heures. Il regardait le mort au visage. Bien des choses s'éclairaient... Mais son propre avenir, comme il paraissait sombre.

15

Après la mort de Sarlat, il ne resta rien. En quelques semaines, la veuve vit vendre les autos, les meubles, jusqu'au petit salon mauve et jonquille, jusqu'aux éditions originales, qui atteignirent à peine le prix de vingt francs l'exemplaire. Cela, ce fut, pour Lise Sarlat, le coup le plus douloureux. On lui montrait les chiffres, et elle refusait de croire ; elle s'écriait :

– Mais mes japons, mes chines, mais je suis volée !...

Cette femme, qui n'avait recherché des hommes et des choses que « le côté exquis », comme elle disait, maintenant ne voyait que le mal. Elle soupçonnait la noirceur des gens les plus disposés à lui venir en aide. Jean-Luc, avec ses derniers sous, avait racheté le Shakespeare relié de daim gris, s'imaginant lui donner une dernière joie. Elle le remercia à peine ; voilée de noir, ses longs crêpes traînant à terre, assise au milieu des meubles sous scellés, dans le salon de Liré, elle murmurait :

– Volée... J'ai été volée toute ma vie... Volée et trompée, répétait-elle avec une énergie farouche, car on n'avait pas songé à tenir secrètes les causes de sa ruine.

Comme le lait, après l'orage, elle avait tourné à l'aigre. Jadis généreuse, dépensière, elle ménageait un morceau de sucre, du vieux linge. Jean-Luc dut batailler avec elle pour qu'elle consentît à acheter à son mari une pierre tombale, non qu'elle éprouvât un désir de vengeance, mais parce que chaque sou, à présent, lui était cher. Elle avait gardé une petite rente, vestige de sa dot ; elle refusa de vivre avec les Daguerne, s'imaginant qu'ils s'empareraient de cet argent. Elle alla s'installer chez une parente éloignée, en province.

Jean-Luc, cependant, avait dû quitter la maison du Vésinet, que Mathilde Daguerne allait revenir habiter avec ses enfants, et qu'elle songeait à transformer en pension de famille. Il reprit son ancien métier : il vendait de la soudure pour les appareils de T.S.F. et des boîtes de parfumerie.

L'appartement où ils habitaient à présent était petit, sombre, étroit, presque un logement d'ouvrier, derrière le jardin des Plantes. Ils venaient à peine de s'y installer quand Jean-Luc reçut un mot de Cottu, qui lui fixait un rendez-vous, dans une brasserie, près de la gare Saint-Lazare.

À la table de marbre, humant de ses narines ouvertes, de sa bouche luisante, tendue comme pour un baiser, l'odeur de la choucroute et des saucisses de Strasbourg, Cottu l'attendait. Il respirait la joie. Il offrit un bock à Jean-Luc, considéra avec attention le visage fatigué du jeune homme, les vêtements teints dont le noir tournait au vert, sous l'aveuglante lumière. Il dit avec rondeur, soulevant jusqu'à ses lèvres le verre de bière dont l'écume coulait sur sa barbe en collier :

– Je me trouve en mesure de vous rendre un service. Vous rappelez-vous ? Lorsque votre beau-père est mort, je vous ai dit : « Disposez de moi. » Je ne l'ai pas oublié.

Il se tut, attendant des paroles de reconnaissance. Jean-Luc murmura enfin :

– Comment vous remercier ?

Cottu rejeta en arrière son large dos, appuya les deux mains sur la table, regarda Jean-Luc avec amitié :

– Mon bon ami... Imaginez-vous que j'ai trouvé

acquéreur pour (tenez-vous bien !...) pour les actions de la Banque Sarlat.

– Les actions de la Banque Sarlat ?... Mais elles sont aux mains du notaire, vous le savez bien.

– Eh ! il ne s'agit pas de celles-là, dit Cottu en essuyant ses grosses lèvres qui reparurent encore plus charnues, brillantes et fraîches entre les poils bruns de la barbe, je sais bien qu'elles sont aux mains du notaire. Mais vous en possédez mille en propre, n'est-il pas vrai ?

– Oui. Je vous l'ai dit.

– Bon. Elles ne valent rien, à l'heure actuelle ; elles sont à peine négociables, mais je puis vous les placer à 40 francs pièce. Cela fait quarante mille francs, dit-il en détachant avec affectation chaque syllabe, quarante mille, mon bon vieux, pas un sou de moins...

– Comment peuvent-elles valoir cela ? demanda Jean-Luc.

Cottu sourit, ferma à demi les yeux :

– Précisément, les affaires consistent à vendre ce qui n'est pas vendable, jeune homme.

– J'entends bien. Vous savez que ces actions appartiennent à ma femme ?

– C'est à vous de la décider.

– Pouvons-nous réfléchir ?

Cottu hocha la tête :

– C'est extraordinaire, personne ici-bas ne sait voir son propre intérêt ! Voyons vous ne supposez pas que je veuille vous tromper ? Voulez-vous être renseigné sur leur valeur exacte ? Informez-vous auprès du notaire de la succession. Vous croyez peut-être que l'on va faire un mouvement de Bourse, que ces valeurs vont monter ?... Qu'elles valent davantage ?... Mon pauvre ami, vous oubliez l'époque. Nous sommes en 1933. La Bourse est morte. Ce serait une opération d'un risque... D'ailleurs, je puis vous donner une assurance écrite que ces titres ne seront pas négociés et que, s'ils l'étaient, vous toucheriez un pourcentage en rapport.

– Dites-moi, où en sont exactement les affaires de la Banque ?

– Officiellement, elles sont arrangées. Les créanciers déposants ont accepté un concordat. Langon a trouvé un financier qui consent à donner son appui, moyennant quelques avantages naturels. Vous savez ce que j'appelle les avantages naturels des financiers qui viennent en aide au gouvernement ?... Non ? Vous êtes un innocent jeune homme. Ce sont les fournitures pour l'État, les grasses prébendes.

Il avait prononcé ces derniers mots avec un soupir et un léger mouvement des lèvres en avant, comme un gourmet parle d'un plat délicat. Il se tut, rêva un instant et acheva :

– Le scandale couve, toutefois... Les responsables sont attaqués de toutes parts. Il y a en ce moment un revirement de l'opinion publique, en ce qui concerne les affaires financières, bien curieux à observer.

– Aucune plainte n'a été portée ?

Cottu parut tout à coup se désintéresser de la question. Il murmura :

– Quoi ?... Non... Vous ne voulez pas que je vous offre une portion de welsh rabbit ?... Il est excellent ici. Mais vous ne devez pas savoir apprécier la nourriture. Vous êtes trop jeune. Il faut avoir bien connu les joies passagères de l'existence pour connaître les seules réellement valables. Un bon plat, un bon cigare, voici ce qui ne vous lassera jamais. Alors, à quand votre réponse ?

Jean-Luc se leva :

– Demain.

Quand il eut quitté Cottu, il revint lentement chez lui. Il marchait, pressé par la foule, sans la voir. Il essayait vainement de comprendre le mystère de cet achat d'actions. Certes, elles ne valaient rien. Et pourtant... Quarante mille francs... Il s'irritait. Il voyait deux combinaisons qui devaient s'imbriquer l'une dans l'autre comme les morceaux d'un puzzle ; mais un fragment de connaissance lui manquait et le jeu tout entier se défaisait sous ses yeux. Il y avait là une intrigue dont Cottu seul, jusqu'ici, tenait tous les fils. Il lui déplaisait de se laisser manœuvrer, les yeux fermés, par Cottu. Certes, la sagesse eût consisté à accepter avec calme une combinaison, quelle qu'elle fût, qui lui rapportait quarante mille francs, à lui, Jean-Luc, qui ne possédait pour tout bien que les maigres sous qu'il gagnait avec tant de peine. Mais que valaient quarante mille francs, au taux d'aujourd'hui ?... Un an de vie, deux ans à peine. Et après ?... Il n'allait pas acheter une librairie ou un dépôt de vins, toutes solutions raisonnables en une autre époque, où il existait des placements sûrs. Il pouvait envisager une vie plus tranquille, plus confortable pendant quelques mois, épargner à Édith certaines difficultés matérielles qui, à ses yeux de fille jadis fortunée, semblaient un désastre, une déchéance sans égale. Mais il songea avec la plus triste franchise :

« Je ne me soucie pas d'Édith. »

Le bonheur de sa femme, son plaisir, sa vie même lui étaient indifférents. L'existence d'aujourd'hui, dans sa plénitude, dans sa bonté, interdisait de penser à d'autres qu'à soi. Sinon, on était vaincu d'avance. Ah ! qu'y avait-il de caché sous les paroles de Cottu ?... Que savait-il que lui, Jean-Luc, ignorait ?... Que taisait-il ?

Et, tout à coup, il revit l'expression du visage de Cottu, cette feinte froideur quand lui, Jean-Luc, avait demandé : « Aucune plainte n'a été déposée ? » Il s'arrêta brusquement dans sa marche. Il longeait une petite rue vide ; il frappa vivement ses deux mains l'une contre l'autre. C'était cela !... C'était limpide !... L'acheteur éventuel des actions, Cottu, ou un autre agissant en prête-nom, porterait plainte. Il fallait qu'une plainte fût portée pour déclencher le scandale contre Langon. Langon, ancien administrateur de la banque, déjà compromis, résistant et surnageant par miracle était celui que l'on voulait atteindre. Calixte-Langon n'était-il pas le patron de Cottu ?... Qui trahit-on le plus facilement ? C'était cela, et pas autre chose.

Il sourit.

« Il y a quelqu'un qui vendrait son âme pour savoir ça... Ce cher Langon... Mais moi, que puis-je faire ?... Et pourtant, il est impossible de fournir à Cottu des armes sans même savoir quelle sera l'issue de la bataille ? Cela même... cela me paraît insupportable. Une intrigue, quelle qu'elle soit, mérite d'être suivie, du moins... Mais cela ne suffit pas. Oh ! non, cela ne suffit pas. Ce Langon... Tel que je le vois, tel que je l'imagine, il est facile à prendre. Pourquoi le laisser couler sans essayer de me servir de lui, comme mon beau-père s'en est servi, comme l'ineffable Cottu veut s'en servir ?... Oui, mais comment ?... »

Il regarda l'heure. Pourrait-il voir Dourdan ? Il n'avait pas rencontré Dourdan très souvent ces derniers mois, mais, instinctivement, comme au temps de l'adolescence et de l'extrême jeunesse, c'était vers lui qu'il se tournait. En lui parlant, il éclairerait ce qui, pour lui-même, demeurait obscur.

Dourdan, depuis plusieurs semaines, ne travaillait plus. Il paraissait avoir de l'argent, pourtant. Il habitait la chambre de la rue Férou. Jean-Luc le trouva là, couché sur le petit canapé, à demi vêtu. Quand Jean-Luc eut poussé la porte, il se dressa d'un bond, le visage décomposé, puis il se recoucha en murmurant :

– Tu m'as fait peur ! Je dormais.

Jean-Luc s'assit à côté de lui :

– Écoute, dit-il brusquement, j'ai devant moi deux données d'un problème que je ne puis exactement comprendre. Je crois avoir trouvé une solution. Dis-moi si tu la crois exacte.

Dourdan l'écouta avec attention, hocha la tête :

– Sans doute, c'est cela. Mais je ne comprends pas ce qui t'inquiète. Tu n'as qu'à prendre l'argent et à te taire.

– Peut-être y aurait-il autre chose à prendre ? Mais cela dépend de Langon, ou, plutôt, cela dépend de l'idée que je me fais de Langon. Je le connais. Je le vois sous certaines couleurs qui, si elles sont exactement vues, peuvent faire ma fortune. D'autre part, si je me trompe, si je n'ai pas la connaissance, l'intuition de ce caractère, je perds à la fois et toute espérance et mes moyens d'action. En d'autres termes, que faut-il préférer : de l'argent, *ready cash*, mais une petite somme qui ne pourra rien faire pour moi, pour l'avenir que je rêve, ou bien la possibilité de m'attacher à Langon, de pénétrer enfin dans ce monde que je convoite, et par la bonne porte, cette fois-ci, celle des confidents, des complices ?

– Le jeu est dangereux.

– Pourquoi ? Quel est le risque ? Mourir de faim. Depuis le temps que je l'envisage, j'y suis habitué. D'ailleurs, on ne meurt pas de faim. C'est une image. Mais la vie est si dure que l'on finit par penser : « Effort pour effort, risque pour risque, autant essayer de gagner le maximum, de faire un beau record. »

– Mais tu es terriblement handicapé, fit Dourdan, certains risques ne sont pas compatibles avec l'exercice du mariage et de la paternité.

– Je l'ai cru, dit Jean-Luc à voix basse, mais, maintenant, c'est fini.

Il regarda le grand lit où, pour la première fois, il avait été l'amant d'Édith. Il chercha la petite photo de femme, entrevue une fois... Elle était toujours là. Verrait-il un jour cette Marie Bellanger ? À quinze ans, Dourdan et lui s'étaient juré que jamais ils ne connaîtraient leurs maîtresses respectives, pour ne pas courir le risque qu'une femme vînt en tiers entre eux. Leur amitié paraissait alors si précieuse, irremplaçable... Dourdan n'avait jamais aperçu Édith, ni essayé de la connaître.

Jean-Luc demanda brusquement :

– Tu vois toujours cette jeune femme ?

– Oui. Pourquoi ?

– Rien. Je croyais... Tu parais tellement embêté ces derniers temps, dit-il en choisissant volontairement les termes les plus neutres, les plus pâles, pour exprimer sa pensée. Tu as de l'argent, pourtant ?

– J'en ai eu. Parti, dit brièvement Dourdan.

Jean-Luc hésita, le regarda, puis se tut. Ce fut en cet instant qu'il comprit que Dourdan, pas plus qu'Édith, ne l'intéressait vraiment, profondément. Que chacun se débatte avec son propre destin !

Il ne demanda rien, et Dourdan ne prononça pas une parole. Jean-Luc prit le paquet de soudure jeté sur la table, murmura : « Bonsoir » et partit.

Dehors, derrière la porte fermée, il entendit tout à coup la voix de Dourdan :

– Daguerne !

Il tressaillit. Quel accent d'angoisse... Il savait bien, au fond de lui-même, qu'un malheur menaçait Dourdan. Mais que pouvait-il faire ?... Il avait besoin de son esprit, de son courage, de ses forces pour lui, pour lui seul. Il attendit un moment, pourtant. À un second appel, il serait revenu. Mais Dourdan se taisait. Jean-Luc partit. Il marchait doucement sur l'étroit tapis cloué au milieu du couloir, assourdissant son pas, retenant son souffle, pour que son ami crût qu'il était loin déjà, que sa voix n'était pas arrivée jusqu'à lui.

16

L'appartement que Calixte-Langon avait conservé, boulevard Raspail, était d'un aspect modeste qui surprit Jean-Luc. Le jeune homme avait ajouté sur sa carte :

« Le gendre d'Abel Sarlat, qui désire vous entretenir des affaires de la Banque dont vous avez été un des administrateurs. »

Comme il le pensait, il fut reçu aussitôt.

Il entra dans le bureau de Calixte-Langon ; les grandes chaises en imitation de cuir de Cordoue, au dossier raide et incommode, rappelaient les meubles que l'on trouve au domicile des avocats arrivés, de ceux qui n'ont pas besoin de garder longtemps le client, mais désirent au contraire se débarrasser de lui au plus vite, ne conservant que son dossier. Quand il entra, Calixte-Langon, sur le seuil de la pièce voisine, prenait congé de deux jeunes gens ; l'un tenait sous son bras un appareil photographique. Jean-Luc entendit :

– Remerciez le journal qui vous envoie, messieurs. Merci d'avoir donné à un innocent la possibilité de prononcer un mot de défense.

Les jeunes gens partirent. Langon serra la main de Jean-Luc, s'assit en face de lui dans une haute cathèdre sculptée. Il était encore en robe de chambre et en pantoufles ; son visage était vieilli, harassé, anxieux. Il paraissait mal soigné, mal rasé. Jean-Luc le regardait avec une attention profonde : « Me devinera-t-il ?... Cet homme a toujours été ébloui par son esprit, sa verve, son ambition, ses passions, son bonheur. Comme une lumière trop forte devant les yeux, cela doit l'empêcher de bien voir. Pourtant, il a l'habitude et la connaissance des hommes. Il y a donc une part d'incertitude dans ce que je vais faire. Mais ceci est l'amusement du jeu... »

– Pardonnez-moi, dit-il, de venir vous importuner, mais j'ai été approché par quelqu'un... Vous me permettrez de ne pas dire son nom, du moins pour le moment... Quelqu'un qui désire racheter, dans un but que je devine, mille actions de la Banque Sarlat, actuellement en ma possession.

Langon croisa ses deux mains à la hauteur de ses lèvres et les décroisa vivement :

– Quel but ? dit-il après un instant de silence.

– Celui de déposer une plainte en justice, je n'en doute pas.

Langon se tut. Il s'efforçait de rester impassible, mais ses yeux, que Jean-Luc avait toujours vus si éclatants, si pétillants, semblaient éteints tout à coup, profondément enfoncés dans l'orbite. Il demanda enfin :

– On vous a demandé de vendre ces actions ? Quelle somme vous a été offerte ?

– Quarante mille francs.

Langon soupira.

– Vous venez me demander sans doute de racheter ces actions à un prix supérieur ?... Je le ferais volontiers, et sans marchander. Il n'entre pas dans mes habitudes de marchander lorsqu'on me rend un service. Je ne cherche même pas à savoir dans quelles intentions ce service peut être rendu.

Il se tut, cherchant le regard de Jean-Luc. Il étendit la main vers le paquet de cigarettes, en prit une, la reposa sans l'allumer, dit plus bas :

– En d'autres temps, vous auriez eu raison de venir me trouver. Mais je n'ai pas d'argent, monsieur

Daguerne. Oui, cela peut, cela doit vous paraître invraisemblable. Un homme politique est soutenu par un parti qui lui vient en aide à des moments tragiques comme celui que je traverse. Mais moi... Je suis abandonné, monsieur Daguerne, je suis seul. Mes anciens amis sont prêts à me jeter par-dessus bord, moi, moi ?... Concevez-vous cela ? Moi, qui sans fausse vanité puis me dire l'unique homme d'État digne de ce nom que ce parti ait produit et qu'il produise jamais... Car, enfin, vous me connaissez, vous savez quelle action ma parole a sur la jeunesse, par exemple ? Eh bien ! c'est moi qu'ils veulent perdre. Ils ne comprennent pas, les insensés, qu'ils se perdront eux-mêmes. Je suis l'âme du parti. Comprenez-vous ? Un vent de panique a soufflé. Il m'emporte. Ils s'imaginent qu'en me sacrifiant, ils éviteront que le discrédit soit jeté sur eux. Et de quoi s'agit-il, je vous le demande ? Que l'on fouille ma vie, mon passé, je réponds de la pureté de mes moindres actes. D'ailleurs, tenez, la voici, la preuve, la meilleure preuve. Cette transaction que vous me proposez, il m'est impossible de l'accepter, car je ne possède pas l'argent nécessaire. Voilà, dans sa brutalité, le fait lamentable, exact. Or si j'avais agi comme on me le reproche, si je m'étais enrichi au service de Sarlat, cet argent serait pour moi une somme infime, misérable. Cela tombe sous le sens. Mais je suis las de me défendre comme un coupable, las de la lutte politique qui ne m'a donné que des déboires. Non... Ne protestez pas... Je ne méconnais pas les joies de l'ambition, du succès, mais qu'est-ce que tout cela pour moi ? Pour ma nature profonde ?... Certes, vous ne voyez en moi que le personnage public, le mannequin, si j'ose dire, à l'usage des foules ingrates et ignorantes. Mais je suis si différent, si vous saviez...

– Je vous plains, dit doucement Jean-Luc, vous avez, en effet, les réflexes de défense de l'homme incompris, trahi de toutes parts. Vous trouvez tout naturel de ma part un marchandage odieux. Et pourtant, c'était dans une autre intention que j'étais venu vous voir. Mais je n'ose plus vous parler en toute franchise maintenant. Je vous semblerais... si naïf... Vous voudrez bien faire la part, n'est-ce pas, de la jeunesse et d'une certaine inexpérience, en ce qui concerne les calculs et l'avidité des hommes, dit-il avec un accent charmant de déférence et d'imperceptible ironie. Imaginez-vous que j'étais venu vers vous vous offrir de prendre ces actions, puisqu'elles pouvaient vous servir, ou, du moins, vous demander de quelle façon je devais me comporter pour vous aider de mon mieux. Je ne voulais rien vous demander en échange, mais, je vous le répète, les quelques mots, si douloureux, que vous venez de prononcer, m'ont appris plus de choses sur la nature humaine que tous les livres que j'ai pu lire, et je me sens terriblement embarrassé. Qui sait quels noirs desseins vous allez découvrir dans ce désir si simple de venir en aide, dans la mesure du possible, à un homme que j'admire ?

Il songeait :

« Le piège serait-il trop grossier ?... Aucun piège n'est trop grossier quand il est englué de flatterie. À cela seul l'homme ne résiste pas. Quand on fait appel à l'intérêt, il se défie aussitôt : il est mis en éveil, mais la flatterie l'endort. »

Langon murmura :

– Non, je sais reconnaître à cet accent de vérité la générosité naïve de la jeunesse. Que ce mot de naïveté ne vous blesse pas. Il n'est pas de plus grand éloge dans ma bouche. Si vous saviez comme je suis las des petits calculs, des petites ruses sordides, de ce chantage, de cette boue... Et voici qu'un garçon comme vous, presque un enfant, a eu pitié de moi... Car c'est cela, n'est-ce pas ? Vous m'avez rencontré chez votre beau-père, vous m'avez entendu parler. Vous savez que je ne suis pas un méchant homme. Vous avez connu le déferlement d'injures, de haine, qui journellement me couvre. Peut-être, un jour, une parole de moi, prononcée par chance, vous a touché ?

– Comment avez-vous pu deviner ? demanda Jean-Luc – et son visage étincelait de feu, et de cette naïveté délicieuse que la jeunesse appelle si facilement sur ses traits, qui est son arme la plus sûre – un jour, devant moi, à cette table où il n'était question que d'argent, vous avez dit : « Soyez fervents. Soyez sincères. Abandonnez-vous. » Vos paroles, votre accent, je ne sais quoi dans votre voix m'ont... ému. Disposez de moi, monsieur Langon. Ne vous défiez pas. Que puis-je contre vous ?... Le hasard m'a permis de connaître vos ennemis, mais, hélas ! je ne puis rien non plus pour vous. Mais un dévouement même inefficace a une signification que peut-être vous reconnaîtrez. Et maintenant, dit-il en se levant, je pars. Voici mon adresse. Je vous le répète : disposez de moi.

– Merci, dit Langon, merci.

Il prit la main de Jean-Luc, la garda un instant dans les siennes :

– Si vous saviez... Je suis réconforté... comme vous avez bien fait de venir... Ces actions, je ne sais si véritablement elles ont l'importance que vous leur attribuez, mais ce qui est significatif, ce qui est important pour moi, c'est de savoir qui me trahit.

Jean-Luc parut un instant prêt à parler, entrouvrit les lèvres, puis se tut. Langon avait regardé son visage avec anxiété. Langon voulait se servir de Jean-Luc comme Jean-Luc désirait se servir de Langon ; Jean-Luc lui tendait et lui retirait tour à tour son silence, comme un appeau.

– Vous reviendrez me voir, dit enfin Langon – et sa voix d'or caressait chaque syllabe – n'est-ce pas ? Je voudrais vous connaître davantage, vous êtes pour moi l'image même de ma jeunesse, si ardente, si désireuse de servir un idéal. Qu'ont-ils fait de moi ? Revenez. Je vous écrirai.

Sur ces mots, ils se séparèrent.

17

Jean-Luc, chez lui, trouva sa femme en pleurs. Elle marchait dans les deux étroites pièces, regardant avec haine les murs, les meubles, le tablier bleu de la femme de ménage. L'enfant criait ; elle se jeta sur son lit et serra les deux mains sur ses oreilles :

– Je mourrai, je mourrai ici...

Jean-Luc la regarda, étonné. Vraiment, il l'avait oubliée. Elle paraissait malade. Il offrit de faire venir le médecin, mais elle, comme une enfant irritée, refusa. Après le dîner, elle fit éteindre la lumière et il se coucha, presque aussitôt, à côté d'elle, heureux de ne plus la voir ni l'entendre, enfin.

Il songeait sans cesse à Langon, à ses paroles. Matériellement, lui, Jean-Luc n'avait rien. Il pensait :

« Je n'ai rien. Je ne suis rien. Je ne possède pas de moyens de domination. Je ne puis entrer dans ce monde que par ruse, qu'à la remorque de plus fort que moi. Mais Langon est-il fort ?... Sera-t-il coulé ?... Cela, c'est la part de hasard. Mais, logiquement, il ne devrait pas l'être... Ils sont insubmersibles, ceux-là... D'ailleurs, je n'ai pas d'autre chance. Si je vends les actions à Cottu, je peux marchander encore un peu, tirer sur la ficelle, obtenir cinq ou dix mille francs de plus... Mais c'est tout, strictement tout... Donc, se servir de cela seul qui m'appartient, une certaine connaissance des hommes... Langon est un vaniteux, qui prise par-dessus tout l'admiration des hommes. Il est plus vaniteux qu'ambitieux. Les hommes de ce type cherchent dans le pouvoir une forme d'amour.

Il est seul maintenant, sevré de ce tribut de louange qu'il aime. Un jeune garçon, désintéressé, une amitié fidèle, tout cela qu'il eût négligé hier encore, doit maintenant avoir acquis pour lui un certain prix. Savoir si plus tard... Mais cela, c'est mon affaire... De cela je me charge... Qu'il me laisse seulement entrer là-dedans, connaître le mécanisme des affaires humaines, agir parmi des hommes... Il faudra être hypocrite, menteur, "double-face"... Eh bien ! je n'ai pas d'autres armes... Il faudra surtout accepter le dénuement complet, alors que ces quarante ou cinquante mille francs me donneraient une ou deux années tranquilles. Mais après ?... Le temps n'est plus où l'on pouvait se dire : "Le tout c'est de franchir le mauvais pas." Une fois le pas d'aujourd'hui franchi, je me retrouverai exactement au même point. Exactement. La crise et le chômage ne seront pas passés. C'est un risque à courir. Mais toute mon existence est un jeu de cache-cache avec la misère... Il faut jouer le jeu. »

Il s'endormit enfin et le cri affamé de l'enfant put seul le réveiller. Il fut conscient des gémissements d'Édith, qu'il avait perçus à demi dans son réveil. Il se tourna vers elle, lui toucha le visage : elle brûlait. Elle se plaignait de douleurs dans le ventre et la tête. Il fallut se lever, courir chercher un médecin : il n'y avait pas de téléphone dans la maison. Quand le médecin vint, il dit qu'une très grave inflammation des ovaires s'était déclarée, qu'il fallait opérer Édith le jour même. Il partit. Jean-Luc s'assit au bord du lit. Il regardait Édith, tête basse. Les soins, la maison de santé, l'opération, pour tout cela il fallait trouver de l'argent. Il fallait trouver Cottu et s'entendre avec lui... « Eh bien ! non, songea-t-il, pour cette femme que je n'aime plus... », car aucune illusion n'était possible, il ne l'aimait plus, il ne sacrifierait rien. Il ne perdrait pas sa vie pour elle.

– Je n'ai pas d'argent, dit-il à voix basse, il faudra... l'hôpital.

Elle gémit :

– Je ne veux pas aller à l'hôpital... Je mourrai... Je ne veux pas, j'ai peur...

– Sois raisonnable. Je n'ai plus d'argent. Je n'ai plus rien que le strict nécessaire pour manger et payer le lait de l'enfant. Comprends ce que je dis... Nous n'avons rien... Le Dr Blache pourra te faire admettre à l'hôpital.

– Trouve de l'argent !... Si tu m'aimes... Si tu m'as aimée.

– Voici ce qu'à l'heure actuelle l'amour le plus fervent ne peut pas procurer.

– Si tu m'aimais, tu saurais le faire ! Mais tu ne m'aimes pas, tu ne m'as jamais aimée. Tu m'as épousée parce que j'étais la fille d'Abel Sarlat... Je te déteste... Je mourrai, je le sens, je le sais, je mourrai par ta faute !...

Quand elle fut un peu calmée, elle l'appela de nouveau :

– Jean-Luc ?... Mais ces actions qu'on devait vendre ?...

« Cottu lui a parlé », songea-t-il, et dès cet instant il n'eut qu'une idée : l'éloigner à tout prix.

– Ma pauvre petite, je me suis renseigné. Cet homme n'a pas le moyen de se procurer un sou maintenant, et, d'ailleurs, c'est une canaille dont il faut se défier... Nous pourrions avoir les pires ennuis... Plus tard, peut-être... Je te répète qu'il est impossible de se procurer de l'argent de ce côté-là.

Elle se détourna et recommença à gémir. Elle le repoussait lorsqu'il s'approchait d'elle :

Une femme peut haïr celui qui n'a pas su écarter d'elle le malheur.

L'ambulance vint la chercher vers la fin de la matinée, et Jean-Luc resta seul, attendant la lettre promise par Langon.

Il l'attendit tout le jour : elle ne vint pas, ni le lendemain. On avait opéré Édith aussitôt ; il alla la voir après le déjeuner, à l'heure de la visite. Il erra parmi les pavillons de brique, le long des allées de ciment. Édith était couchée dans une des salles communes, vêtue de lingerie grossière. Ce fut à peine s'il la reconnut. Il ne resta qu'un instant et repartit, emportant dans l'oreille le bruit de ces milliers de visiteurs qui s'avançaient lentement, raclaient le sol de leurs pieds, traversaient les salles, se penchaient sur un lit, partaient. Édith Sarlat, couchée là-dedans... C'était... incroyable... Mais quoi, elle n'était pas faite autrement que les autres... Il y avait mille femmes, dans cet hôpital. Elle guérirait comme les autres, si elle devait guérir.

Le surlendemain, enfin, il trouva un bleu de Langon, le priant à déjeuner.

Ils étaient seuls. Calixte-Langon, tout d'abord, parla d'Abel Sarlat. Puis il demanda :

– Je suis curieux de savoir comment vous me voyez ?... Le personnage public est si différent, d'ordinaire, de l'être intime, seul authentique... Ainsi, vous me connaissez, vous m'avez entendu parler... Vous savez que je passe pour avoir la dent dure. Vous me croyez à l'aise dans ce déferlement de haine. Eh bien ! cela n'est pas... Personne au monde n'a besoin autant que moi d'être aimé. La haine me désespère, à la lettre. C'est un sentiment que je ne puis éprouver.

Il devait oublier facilement, pensa Jean-Luc, les injures infligées par lui-même à autrui. Il regardait Calixte-Langon avec une curiosité passionnée. Tout, pour lui, dépendait de la nature exacte de cet homme. Il semblait facile à comprendre... Et pourtant... Un être humain déconcerte toujours par certains côtés, songea-t-il... Langon disait :

– Il n'y a pas d'homme moins exigeant que moi, moins avide de biens matériels... Vous me croyez ambitieux ?... Mais je ne recherche que la paix, l'amitié... Je vivrais dans une chambre nue, quatre murs blanchis à la chaux me suffiraient, quelques livres...

Il était sincère, et non seulement pendant qu'il parlait ; il était exact que le décor des quatre pièces où il vivait était simple et qu'il paraissait s'y plaire. Il abandonnait le ministère dès qu'il le pouvait pour rentrer chez lui, disait-il. Quel avait été l'appât tendu par Abel Sarlat pour arriver à engager Langon dans ces affaires financières qui avaient si mal tourné, qui tournent si facilement mal ?... Mais, sans doute, n'y avait-il pas eu d'appât ?... Seule, la légèreté de l'homme politique, de l'homme en place, gâté par le succès... Ce Langon, cependant, était loin d'être un sot. Par moments, une remarque fine et méchante révélait en lui la connaissance des hommes, un profond réalisme. Mais ces qualités, il semblait ne pas les voir en lui-même, ne pas les priser, attacher une importance plus grande à ce qu'il nommait « sa sensibilité », les valeurs spirituelles. Il était pathétique par certains côtés, ce Langon, avec sa figure pâle et un peu bouffie de Méridional que les chagrins engraissent.

Ils parlèrent de nouveau d'Abel Sarlat.

– L'intelligence de mon beau-père, commença Jean-Luc.

Langon eut une moue maussade, concéda avec difficulté :

– Si vous voulez... une certaine intelligence analytique... sèche... Mais, mon petit, ce n'était pas un chef... Il n'avait pas cette rapidité de vision, de jugement qui sont le don suprême... Et puis, l'intelligence n'est pas ce qui, personnellement, m'attache aux êtres. Qui, aujourd'hui, n'est pas intelligent ?... Cela court les rues. Mais l'intuition, la sensibilité... Sarlat en manquait totalement. Et ce souci de l'argent...

Il écarta les bras, d'un mouvement qui découvrait largement le cœur :

– J'avoue que je ne comprends pas...

De trouver en face de lui ce jeune homme déférent, peu à peu il éprouvait de nouveau un sentiment de plénitude. Il sourit à Jean-Luc qui avait prononcé le mot de réussite.

– La réussite n'est qu'une question d'habitude. Cela s'incorpore à votre être, en quelque sorte, et on ne peut plus s'en passer, je le confesse, mais cela ne donne pas le bonheur. Croyez-moi, mon petit Daguerne, le bonheur, ce sont vos vingt ans. Que vous faut-il, à vous ?... Vous n'avez pas de besoins... La jeunesse est pauvre, mais heureuse dans sa pauvreté. D'ailleurs, vous, les jeunes, vous avez aujourd'hui des goûts de Spartiates, n'est-ce pas ?... Cette vie rude, le camping, les sports d'hiver, ces randonnées par les routes, jeunes gens et jeunes filles mêlés, la liberté, qu'y a-t-il de mieux, de plus grisant ?... La jeunesse n'a besoin que de liberté, n'est-il pas vrai ?... Si vous saviez combien je vous envie...

Il tomba dans une rêverie profonde ; il soupira :

– Et voici, mon cher, l'homme authentique caché derrière celui que j'appellerai le personnage, le mannequin à l'usage des foules. Avouez qu'il vous étonne... Avouez...

Il était à présent ivre de tendresse et de pitié pour lui-même : cependant, il n'avait pas oublié ses plans : savoir exactement qui, dans son entourage, le trahissait. Par quelques phrases prudentes, il sonda Jean-Luc.

– Je suspecte tout au monde... mes plus anciens, mes plus chers amis... Si vous saviez comme il est contraire à ma nature de soupçonner le mal. Ainsi, Cottu que vous connaissez...

Il s'arrêta, regarda Jean-Luc, et Jean-Luc se permit le petit mouvement des paupières que Langon épiait ; Langon dit vivement :

– C'était Cottu, n'est-ce pas ?... Ah ! j'aurais dû m'y attendre... Un être que j'ai ramassé dans la boue... Un être qui me doit tout !... Cottu ? le cochon !... Lui... cela me navre...

Il paraissait réellement frappé au cœur, et Jean-Luc s'émerveilla du tenace idéalisme des hommes : qu'y avait-il de plus naturel que d'être trahi par son obligé ?... Il commençait à pressentir que l'injustice du monde ne paraît insupportable que du jour où elle est dirigée contre soi-même...

Langon s'était levé. Il s'approcha de la fenêtre, regarda longtemps au-dehors. Ses mouvements les plus simples, inspirés par les sentiments les plus sincères, avaient un caractère inexprimablement théâtral, mais d'un excellent acteur, de celui qui entre vraiment dans la peau du personnage et ne charge jamais le trait. Pourtant, Jean-Luc voyait clairement en lui l'habitué des foules, celui qui, pendant des années, a souffert en public, donné son cœur, clamé son indignation et ses haines, et qui, en face de lui-même, n'est jamais seul, mais entouré d'une invisible multitude.

Il revint vers Jean-Luc :

– Voilà... Je suis abandonné de tous, maintenant...

– Je suis là, murmura Jean-Luc, et le secret battement de son cœur lui donna un accent de sourde émotion qui frappa Langon.

– Ah ! mon pauvre enfant !..., soupira-t-il.

Il demeura un instant silencieux.

– Ce Cottu, pourtant, fit Jean-Luc, c'était un homme qui vous ressemblait si peu, qui paraissait si peu répondre à ce que vous demandez des hommes...

– Je ne demande qu'une chose, dit Langon avec simplicité : un absolu dévouement... et pas à moi, mon enfant, croyez-le, pas à moi, mais à mes idées...

– Vous pouvez disposer de moi, dit doucement Jean-Luc.

Langon hésita un instant, puis il eut un geste désemparé :

– Oui, mais attention, Cottu s'occupait de tout.

J'avais besoin de lui à chaque instant. Pourriez-vous me donner ainsi tout votre temps ?

– Certes, je le pourrai...

– Écoutez-moi, dit Langon : soyons précis et même un peu secs. Il est exact que vous pouvez me rendre service. Moi, de mon côté, je ne puis vous offrir actuellement que le salaire le plus modeste. Huit cents francs par mois. Si cela vous convient, je fais de vous mon secrétaire, privé, cela va sans dire. À mes côtés, vous apprendrez mieux que dans les livres le mécanisme des passions humaines. Quant à ce que... quant à l'affaire pour laquelle vous êtes venu l'autre jour, je me suis informé. Vous aurez quelques papiers à signer que je vous dicterai. Alors, c'est dit. Vous êtes à moi ?

– Entièrement à vous, dit Jean-Luc.

18

Les huit cents francs donnés par Langon permettaient mal de vivre. Trois semaines s'écoulèrent ; Édith n'avait pas quitté l'hôpital ; la femme de ménage venait garder l'enfant, Jean-Luc passait la journée entière avec Langon ou en démarches pour lui. Langon l'envoyait tour à tour chez tous ses amis politiques avec objurgations de trouver quelqu'un qui pût l'aider, prendre sa défense, mais le seul appui qu'ils lui donnaient était le conseil de démissionner au plus vite. On l'attaquait de toutes parts. Mais lui, pourtant, ne pouvait arriver à mesurer jusqu'à quel point il était haï, abandonné. Il se raccrochait à la moindre parole de pitié répétée par Jean-Luc, souvent inventée par lui.

– Il a dit qu'il avait de la sympathie pour moi ?... Ah ! ce sentiment, on sait ce qu'en vaut l'aune... Mais quel est le terme exact dont il s'est servi ?... Attention, mon petit, c'est très important... As-tu l'impression que, vraiment, il avait de la sympathie pour ma personne, mes idées ? Crois-tu qu'il soit en mesure de le prouver ?... Il a peur, oui... je comprends, lui aussi... Mais, enfin, on ne peut pas laisser un homme crever, bon Dieu, pour la faute d'un autre... Est-ce que je suis responsable des vols de Sarlat ?... Est-ce qu'il m'a demandé conseil ?... Est-ce que je savais, moi ?... Mais il faut, il faut tenir, répétait-il en saisissant la main de Jean-Luc : n'est-ce pas ?... Toi, tu as confiance en moi, mon petit... Si tu savais le bien que tu me fais...

Toute l'énergie de Jean-Luc était employée à galvaniser cette nature nerveuse qui se relevait aussi vite qu'elle tombait, qui était capable du plus grand courage, mais par à-coups, et que soutenait seule l'admiration de n'importe quel être au monde, à condition qu'il fût là, à ses côtés, qu'il répétât : « Votre volonté, votre puissance de travail, votre intelligence, votre âme de chef... »

Non qu'il y crût implicitement, mais l'accent de certaines louanges lui était nécessaire pour l'exciter à l'action.

Cependant, quand Jean-Luc eut fait le tour des amis de Langon, il songea à ses adversaires : on ne se défend bien qu'en attaquant. Or, la position de Langon à l'intérieur de son propre parti était désespérée. Il ne pouvait que s'en séparer avec éclat. Armand Lesourd ne voulait pas de mal à Langon personnellement ; que le parti tombât en sacrifiant Langon, ou par Langon lui-même, lui était indifférent. Il fallait obtenir d'Armand Lesourd qu'il aidât son ancien ennemi, tandis que celui-ci flétrirait la politique de son parti et romprait l'union du ministère.

Jean-Luc, par l'entremise de Cottu, s'employa à rapprocher les deux hommes. Le jeu le passionnait : les pions étaient des hommes vivants, et il fallait se servir de leurs faiblesses, de leurs vanités, de leur haine, de leur peur. Il fallait les rassurer, les flatter, les inquiéter tour à tour. Et son propre but paraissait atteint : on le connaissait ; on s'habituait aux traits de son visage, aux syllabes de son nom. On disait : « Demandez donc à Daguerne... » et « Daguerne arrangera cela... » À Langon, il était indispensable parce qu'il était là, parce qu'il comprenait tout d'un mouvement de lèvres, d'un signe de la main. Comme ils s'attachaient vite, ces hommes... Ils semblaient créés pour nourrir et élever leurs futurs rivaux, leurs ennemis. L'habitude de vivre en public, en représentation perpétuelle les incitait à donner facilement non pas leur confiance, mais les apparences d'une camaraderie confiante, mais cela suffisait à Jean-Luc.

Ses journées s'écoulaient en démarches, en coups de téléphone, en palabres. Le soir, tard, il rentrait et retrouvait les sombres petites chambres où pleurait l'enfant mal soigné. Quand Jean-Luc voyait cet enfant et la femme de ménage avec son sale tablier bleu et son air d'humble bête, il ressentait plus de remords qu'en apercevant Édith sur son lit d'hôpital. Édith ne méritait aucune pitié, mais cet enfant... Et pourtant, il ne voulait pas songer à cela... Le don de soi à qui que ce fût, à un être ou à une idée, était la plus triste des erreurs. Le vieux Daguerne n'avait-il pas été le meilleur et le plus tendre des pères ?... Qu'avait-il fait ?... Rien... Il les avait laissés pauvres, seuls. Hélas ! il n'y avait plus de paix sur la terre pour les hommes de bonne volonté...

Une nuit, l'enfant tomba malade. Jean-Luc était rentré tard, avait trouvé l'enfant réveillé, brûlant de fièvre, couché sur les genoux de la femme de ménage, roulé dans les plis du vieux tablier bleu qu'il enfonçait dans sa bouche. De nouveau, la course dans les rues pour trouver un médecin, une pharmacie ouverte ; de nouveau l'angoisse, mêlée, cette fois-ci, à une pitié profonde, presque insupportable. Le médecin recommanda des bains, donna une longue liste de prescriptions, un régime que Jean-Luc ne pourrait pas surveiller, puisque la mère était absente, et lui hors de la maison tout le jour. Cependant, Jean-Luc fit chauffer de l'eau, remplit la petite baignoire qu'il avait traînée dans la cuisine, y plongea l'enfant de ses mains maladroites. La femme était debout à ses côtés, à demi endormie, les bras ballants, le regardant faire sans songer à l'aider. L'enfant hurla d'abord, se débattit. L'eau se répandait sur le plancher, sur les vêtements de Jean-Luc. Une petite ampoule à demi brûlée, sombre, éclairait la pièce, les biberons souillés, les linges épars. Tout à coup, l'enfant devint très calme ; il flottait sur l'eau, soutenu par les mains de son père ; il semblait regarder fixement devant lui. Il était maigre, avec un petit visage creux. Jean-Luc songea :

« Je n'ai jamais pris en considération son existence... »

Il écoutait le bruit de cette respiration haletante ; il sentait contre lui le contact du petit corps brûlant. Dans cette misérable cuisine, auprès de la vieille femme qui s'était endormie sur sa chaise, Jean-Luc, mal nourri, à demi mort de fatigue, tremblant d'inquiétude, songeait que, si l'enfant mourait, la faute en serait à lui, à lui seul. Le reflet de la lumière dans l'eau remuait faiblement : l'enfant ne criait plus, ne bougeait plus ; malgré les efforts de Jean-Luc pour lui maintenir la tête hors de la baignoire, l'eau avait mouillé son visage et ses fins cheveux noirs. Il regardait toujours fixement devant lui, sans doute le remous de l'eau.

Jean-Luc était plus responsable de cet enfant qu'un père ne l'est d'ordinaire. Il avait désiré sa naissance. Il l'avait tiré du néant bienheureux, non pas par un aveugle mouvement d'amour, mais parce qu'il avait eu besoin de lui, parce qu'il avait cru que cet enfant lui donnerait cependant la possibilité d'une brillante carrière et la fortune. C'était un être vivant, ce nourrisson, cette larve ; il souffrait déjà. « Je ne l'aime pas, pourtant », songea Jean-Luc avec désespoir. Il ne servait à rien de mentir à soi-même ; il n'y avait pas plus d'amour dans son cœur envers cet enfant qu'envers Édith... Il avait desséché en lui toutes les sources de l'amour... Il penchait la tête, sentait le poids de l'enfant sur son bras et se rappelait la nuit où cet enfant était né, et une autre nuit, un autre soir, bien avant celui-là, quand il avait désiré, imaginé, exigé cette vie. Un sourd, un insupportable remords emplissait son cœur. Mais il l'écartait, il le repoussait de toutes ses forces... « Quoi ?... Tant pis, je ne suis pas une femme... Un enfant, qu'est-ce que c'est ? Il y en aura d'autres, si celui-là... » Mais non, l'enfant vivrait. Ah ! vite, vite de l'argent... S'il avait accepté la transaction offerte par Cottu, il aurait eu assez d'argent pour bien soigner ce misérable petit, pour soigner Édith, sa femme, malgré tout... Ne lui devait-il rien ?... Il serra les dents : « Non... Rien... Rien... Celle-là, elle savait ce qu'elle faisait... Je ne suis pas responsable d'elle... » Et puis, que pouvait-il faire maintenant ?... Il ne pouvait pas retourner en arrière. Le mal était fait. Et même si ?... Mais non, non !... Tout son corps sembla se raidir dans le refus de se soumettre à cet enfant, à ce devoir imaginaire, dans ce refus d'accepter... Cependant, l'heure fixée par le médecin pour sortir l'enfant du bain venait de sonner. Il tenta vainement d'éveiller la femme. Assise sur sa chaise, le menton touchant la poitrine, une couronne de cheveux gris en désordre sur sa tête, elle dormait, assommée de fatigue et son ronflement ressemblait à un râle. Jean-Luc sortit l'enfant du bain, le sécha, le coucha comme on lui avait recommandé de le faire. Elle gémissait doucement, pauvre petite larve... De ses mains malhabiles, il arrangea les couvertures, puis, timidement, caressa la joue du petit, qui pleura plus fort. Jean-Luc le laissa, se jeta sur le canapé où il couchait, dans la salle à manger voisine, et bientôt les souvenirs de la journée seuls existèrent pour lui. Que ferait Langon ?... Que dirait Lesourd ?... Si le ministère tombait, Langon ferait partie du prochain gouvernement, il y entrerait en triomphateur, et lui, Jean-Luc, sa carrière serait faite... Langon, pourtant, devait être ingrat. « Mais ce sera à moi d'empêcher son ingratitude », songea Jean-Luc : « Je sais tant de choses. Non, tout ira bien, tout s'accomplira. »

Longtemps il s'agita parmi les draps défaits, froissés, et, enfin, s'endormit. L'enfant guérit, mais, cette nuit-là, Jean-Luc avait réussi à étouffer en lui les derniers mouvements de sa jeunesse.

19

Jean-Luc n'avait pas revu Dourdan. Un soir comme Calixte-Langon l'avait exceptionnellement rendu libre plus tôt qu'à l'ordinaire, il rentrait à dix heures du soir, lorsqu'il trouva chez lui une femme qui l'attendait. Édith était revenue la veille de l'hôpital, mais elle devait rester couchée encore. La femme était seule, assise dans la petite salle à manger : elle se leva en voyant entrer Jean-Luc :

– Je viens de la part de Dourdan. Je suis Marie Bellanger.

Il l'avait reconnue aussitôt, mais elle le déçut : elle était de petite taille, fragile, avec un corps mince, un visage sans un atome de fard, très pâle, presque décoloré ; elle était vêtue simplement, pauvrement même, d'une jupe noire et d'une courte jaquette de fourrure usée, aux bords roussis. Elle portait un béret noir qu'elle ôta d'un mouvement d'impatience, et il reconnut alors la coiffure du portrait, ces cheveux clairs, un peu longs, touchant le cou mince, ce qu'il appelait « une coiffure d'archange ».

Il lui fit signe de s'asseoir. Dans la chambre voisine, l'enfant pleurait. Jean-Luc ressentait cette oppression, cette tristesse irritée que l'atmosphère de la maison éveillait toujours en lui.

Il dit brusquement :

– Il est impossible de s'entendre ici. Venez avec moi dans un café quelconque, n'importe où. Vous pourrez me parler.

Elle l'arrêta :

– Non, non, je vous ai attendu plus d'une heure. Écoutez, dit-elle à voix basse : Serge est arrêté ! Il faut cinquante mille francs pour que la plainte soit retirée. Toute la journée, j'ai couru de porte en porte. Mais je n'ai personne, je suis seule, je ne peux rien. Rien, répéta-t-elle avec un mouvement de désespoir, une petite grimace tragique de sa bouche tremblante, mais j'ai pu obtenir cela. La plainte sera retirée si l'argent est remboursé.

– Serge arrêté, murmura Jean-Luc ; mais pourquoi ?

– Des faux, dit-elle ; j'avais bien vu qu'il s'était procuré de l'argent. Je n'avais pas deviné, ni même soupçonné cela... Si j'avais su, mon Dieu... Il a été arrêté ce matin. Et il n'a personne au monde. Vous seul... Vous êtes son ami.

– Voyez comme je vis, dit Jean-Luc en montrant la petite chambre sombre, les meubles misérables : où pourrais-je me procurer cinquante mille francs ?

Elle le regarda profondément, puis courba les épaules, saisit un vieux petit sac noir, jeté sur la table, ouvrit la porte :

– Oui, sans doute... Pardonnez-moi. Je ne savais plus à quelle porte frapper.

Elle dit encore :

– Il est perdu.

Il fit un mouvement pour la retenir, mais, déjà, elle avait disparu. Il s'approcha de la fenêtre, la regarda traverser la rue. Elle marchait très vite. Elle parut happée par l'ombre, au coin de la rue. Il ressentait la faiblesse et l'effroi d'un homme qui, debout sur la rive, voit un être humain se débattre dans l'eau, sans pouvoir l'aider. Il était impossible, pourtant, de ne pas le tenter. Il était impossible d'abandonner Dourdan. Mais que pouvait-il faire, mon Dieu ?

Il songea :

« Par Langon, peut-être... »

Mais jamais Langon ne consentirait à s'intéresser

à un homme passible de la prison. Il savait trop bien que l'on était à l'affût du moindre de ses actes. Et Jean-Luc, lui-même, pour le jeu qu'il jouait, devait prendre garde à chaque pas.

Lentement, il revint auprès d'Édith, se coucha. Le lendemain, il songea encore à Dourdan, voulut aller le voir, trouver un avocat. Puis, il eut peur. La moindre démarche pouvait le compromettre et Langon par ricochet. Le temps passait. Il abandonna Dourdan à son sort.

Ce ne fut que quelques mois plus tard, au moment du procès, qu'il le revit. Ce jour-là, Langon devait répondre enfin aux interpellations déposées sur le bureau de la Chambre, touchant le scandale Sarlat. Jean-Luc avait écrit le discours de Langon. Le ministre s'était contenté d'en indiquer les grandes lignes. C'était là le travail d'un chef, le reste n'était que broutilles, dignes de subordonnés. Jean-Luc avait également mené toutes les conversations préliminaires qui faisaient de la séance du lendemain un drame dont le scénario était bâti d'avance, mais dont le dénouement restait soumis aux caprices, aux réactions imprévisibles d'une foule.

Quelques heures avant la séance de la Chambre, Jean-Luc entra au Palais de Justice, où le sort de Dourdan se jouait devant des bancs vides. Dourdan était défendu par un avocat d'origine étrangère, désigné d'office, qui parlait à peine le français. Il fut condamné à cinq ans de prison.

20

Les tribunes de la Chambre contenaient, entre leurs colonnes, une foule immobile, qui attendait ses grands ténors avec un silencieux plaisir. Elle était sensible bien moins à la précision ou à la profondeur des paroles qu'à l'accent de la voix humaine, à la beauté d'un mot, d'un mouvement, d'un cri. En bas, la salle était vide encore ; les statues, les niches blanches, les colonnes de stuc étaient entourées de draperies rouges dont la couleur n'évoquait plus le sang des révolutions, mais uniquement la pourpre et la pompe des théâtres. Le public des hautes galeries disait avec une expression de curiosité amusée :

– Aujourd'hui, Calixte-Langon parlera des affaires de la Banque Sarlat. Il est très compromis. L'avez-vous entendu ? Il est bien...

Dehors, c'était un crépuscule de janvier, en avance sur la saison ; un vent de printemps, un vent sauvage soufflait sur les quais où Jean-Luc avait marché au sortir du Palais de Justice. Il gardait sur ses joues brûlantes la morsure de cet air froid et pur. Il avait cédé sa place à un vieil homme et il se tenait debout, serré contre la colonne. Du haut de cette extraordinaire machine qu'était la tribune de l'orateur, surmontée de cet échafaudage aérien où planait le président de la Chambre, Calixte-Langon allait faire entendre des paroles que lui, Jean-Luc, avait préparées. Il allait jouer son rôle dans une partition que lui, Jean-Luc, avait orchestrée.

Quelle serait la fin du spectacle ?... Le triomphe

de la vedette, ou sa disparition, son escamotage derrière les coulisses, sa ruine et sa mort ?... Le destin de Calixte-Langon était balancé entre les deux édifices où Jean-Luc avait pénétré aujourd'hui : la Chambre et le Palais de Justice. Si tout marchait mal, il était hors de doute que Calixte-Langon connaîtrait lui aussi la petite salle froide des assises, la place même où, tout à l'heure, Dourdan...

Jean-Luc secoua la tête : il ne fallait pas penser à Dourdan. C'était... proprement intolérable... Il fallait donner toute sa passion, toute son attention à ceci, à ce qui allait se passer aujourd'hui, à ce qui commençait à s'accomplir.

À un signal qu'il n'avait pas entendu, la fosse, à ses pieds, s'était remplie par tous les côtés à la fois. Par toutes les issues, par toutes les travées montaient des hommes. En un instant, sur les banquettes rouges, l'assemblée des députés – la figuration – avait pris sa place. Leurs visages exprimaient une attention vague, une certaine lassitude. Pendant leur législature, ils avaient entendu tellement de discours, joué leur partie dans tant de pièces, que la nouveauté de la sensation s'était émoussée.

Pourtant, ils se préparaient à tenir convenablement leur rôle. Quand Langon parut, quand il monta à la tribune, entouré de la haie vivante que formaient les huissiers à chaîne, et, en face, les sténographes et les journalistes, les députés l'accueillirent par cet admirable grondement, sourd et profond, qui monte des entrailles d'une foule et semble satisfaire en l'homme un instinct musical. Comme aux premières mesures de l'orchestre, comprenant que le spectacle était commencé, le public se pencha en avant avec un frémissement de plaisir.

Langon, presque aussitôt, attaqua. Le murmure qui montait de la salle soulignait chacun de ses mots, chacun de ses gestes. Jean-Luc écoutait, fasciné. Le merveilleux acteur... Comme il jouait de sa voix, de son visage, de sa sincérité. Peut-être eût-on pu lui reprocher un peu trop d'insistance, un effort inutile sur des phrases qui portaient seules, mais l'acoustique était mauvaise, le diapason ordinaire de la voix humaine devait être haussé, et, de même, les paroles avaient été si souvent employées par des acteurs différents qu'elles s'étaient usées en quelque sorte, qu'elles avaient perdu leur signification et qu'il fallait les orner d'un accent pathétique ou forcer l'ironie.

Comme on l'écoutait maintenant... Il avait commencé à attaquer la politique de son propre parti, doucement, par petites phrases prudentes, et ceux qui n'étaient pas dans le jeu hésitaient, attendaient, craignant le venin du serpent caché sous les fleurs. Par moments, de courts applaudissements partaient du camp des adversaires et s'arrêtaient aussitôt, car ils ne savaient pas bien encore où Langon voulait en venir. Était-il vraiment décidé d'abandonner les siens ?... Était-ce une feinte habile ?... Langon les laissait attendre, panteler...

Mais voici que la voix se haussait, laissait tomber sur la foule des périodes oratoires que Jean-Luc lui-même avait écrites, qu'il ne reconnaissait pas. Ce Calixte-Langon, si piètre en robe de chambre et en pantoufles, comme il paraissait changé tout à coup. Peu à peu, Jean-Luc oubliait le Calixte-Langon qui était le sien, pour ne voir que le personnage public, offert en spectacle. C'était une étrange sensation. Il avait commencé par connaître cet homme dans sa petitesse, dans sa faiblesse, et voici qu'il le revoyait grandi par le prestige qui s'attache à un nom, à des traits connus, par l'attention de ses pairs, par le silence et l'immobilité de cette foule qui l'écoutait.

Langon avait repoussé brusquement les dossiers placés devant lui ; il était descendu de la tribune, et maintenant, il improvisait. Il se laissait aller à l'audace, à l'ironie, au sarcasme ; il flétrissait ses adversaires et les flattait tour à tour. Par moments, l'accent ardent, presque religieux avec lequel il prononçait certains mots tels que « liberté », « idéal », « progrès » faisait frémir non seulement la foule, mais Jean-Luc lui-même, d'une émotion en quelque sorte charnelle, attachée moins à la signification des mots, à leur contenu, qu'à la vibration de la voix humaine.

D'une seule parole, Calixte-Langon avait écarté les accusations portées contre lui. De son innocence, Jean-Luc avait accumulé les preuves, mais lui, d'un sûr instinct, les négligeait, les méprisait, les remplaçait non par des chiffres ou des paroles précises, mais par l'envol lyrique, l'éclat. Aux protestations, il répondait en élevant la voix de telle sorte qu'elle couvrait sans effort apparent les clameurs de la salle, et cela excitait l'admiration comme le fait la qualité physique d'une voix d'acteur, qui monte jusqu'aux plus hauts registres avec facilité et grâce, comme en se jouant.

Maintenant, il pouvait se permettre de les laisser crier, car il était sûr de les reprendre en main quand il le voudrait. Il souffla, les regarda à ses pieds, les amis de la veille, les rivaux, les jaloux, les indifférents, tous ceux qui l'avaient abandonné. La houle des cris venait s'abattre contre lui. Les éclats de rire, ironiques, éclatants, les « Ah ! ah ! ah ! » gagnaient de proche en proche et secouaient les bancs jusqu'à une seule ligne invisible, comme tirée au cordeau, et au-delà éclataient les applaudissements furieux.

Jean-Luc songeait que c'était là leur force, une force effrayante qu'il ne fallait pas méconnaître et qui consistait à faire nombre, à faire bloc. Était-ce bien lui qui avait ordonné cette multitude ?... Mais non, il n'était que l'auteur obscur. Tout le mérite revenait à l'incomparable interprète qui, maintenant, parlait de nouveau, sans fatigue apparente, parlait de soi, de sa vie, de son cœur. Dans sa voix passaient des notes hystériques comme s'il avait peine à retenir ses larmes, mais comme si au lieu d'en avoir honte, il allait les laisser couler, au contraire, ruisseler aux yeux de tous. D'un grand geste des bras écartés, puis refermés sur la poitrine, il montrait la place du cœur, ses douleurs, ses épreuves et la pureté de ses intentions. Cela, c'était le dernier trait, l'ovation éclatait. C'était le triomphe. Calixte-Langon, entouré d'amis, quittait la tribune, titubant, rayonnant. Le spectacle était achevé ; il ne restait que la formalité qui consistait à renverser le ministère, à donner à Calixte-Langon un portefeuille dans celui qu'allaient former ses anciens adversaires, à pourvoir Jean-Luc d'un poste de chef de cabinet. Le monde, enfin, offrait une issue par laquelle on pouvait pénétrer, une porte que l'on pouvait forcer.

Deuxième partie

1

Quatre ans plus tard, Jean-Luc, qui n'avait pas revu, depuis l'époque de son mariage, la famille de son père, vint passer quelques heures au Vésinet. La maison allait être mise en vente.

Claudine venait d'épouser un avocat de Riom. Sa mère et son frère vivraient avec elle. La pension de famille n'avait pas été un succès. Le pavillon était délabré, sombre, presque en ruines. Dans le salon du bas, où la famille réunie attendait Jean-Luc, une faible odeur de cuisine se mêlait à ce relent de pluie, de moisissure, de salpêtre, qui semblait la respiration même des vieux murs.

C'était le commencement du printemps, une aigre, incertaine saison. Comme autrefois, les meubles de jardin étaient rangés dans les pièces du bas. Les boules verdies du jeu de croquet roulaient sous les pieds. À la place préférée de Jean-Luc, devant la fenêtre, là où on entendait le bruit des autos sur la route, le sifflement lointain du train, là où le souffle du monde extérieur pénétrait dans la chambre étouffante et close, un autre garçon, José, attendait à son tour une heure, un instant de chance. Il avait dix-sept ans. Il n'avait connu que le lycée et cette maison affreuse à ses yeux dans la solitude de l'hiver, plus affreuse encore quand l'été ramenait les rares pensionnaires. C'était un garçon maigre et grandi trop vite, avec de beaux traits, des cheveux sombres et ce front des Daguerne que les sourcils froncés creusaient d'une barre fine et droite, et qui semblait la marque même de la famille, transmise par Laurent Daguerne à ses fils.

Les femmes cousaient ; les faibles rayons du jour passaient entre les branches des sapins noirs. Claudine était enceinte, heureuse et grasse ; Mathilde, aussi maigre et droite qu'avant. Elles parlaient entre elles et leurs voix tantôt s'abaissaient jusqu'au chuchotement, tantôt s'élevaient jusqu'au diapason de la plus vive querelle, alors qu'il n'était question que de fil à broder ou de la couleur d'un bavoir. Oh ! ne plus les voir, ne plus les entendre ! songeait José. Partir ! Quel rêve ! Mais pas vers ce sombre Riom... Vivre à Paris, vivre seul à Paris, vivre enfin... Jean-Luc, comme lui-même, avait été seul, sans argent, sans appui, et il avait su dominer les hommes, faire un brillant mariage, arriver. « Pourquoi pas moi ? » pensait José. Du krach de la Banque Sarlat et de la période de misère que Jean-Luc avait traversée, il savait peu de chose. Maintenant, disait-on, Jean-Luc était riche, influent, protégé par Calixte-Langon. Il avait accompli ce tour de force de se hisser hors de la vie quotidienne, de ne plus connaître le travail harassant, les gains misérables, l'incertitude, tout ce qui était le lot de ceux que José connaissait, tout ce qui serait son propre lot. Certes, s'il suivait sa mère à Riom, son pain était assuré. « Mais ce n'est pas assez, non, ce n'est pas assez », songeait-il, en pressant son visage contre la vitre, en fermant à demi les yeux pour mieux suivre son rêve. On offrait à José une place de clerc de notaire chez un ami de son beau-frère. Non, jamais, jamais ! Travailler, patienter, souffrir ? Oui, mais pour un but enviable, brillant, pour la richesse, le pouvoir, et non pas donner sa vie en échange du morceau de pain sec qu'on lui promettait. Il savait bien qu'il lui fallait penser à sa mère, aider sa mère. Lui avait-elle assez répété : « Je n'ai que toi... » Ce qui signifiait qu'il fallait se sacrifier pour elle, trouver une place au plus vite, parce qu'il devait la nourrir ?... Non. Il y avait tant de force en lui, tant de courage, mais pour lui, pour lui seul... Il était jeune. Il ne voulait pas perdre sa vie pour elle. Il songea :

« Jamais je ne partirai. Je supplierai Jean-Luc... Il ne s'est jamais soucié de moi. Mais qui sait ? Tout lui est facile maintenant. Il a un nom, des relations. Il s'est servi de son beau-père en son temps ? Moi, je me servirai de lui... »

Il cherchait à retrouver dans son souvenir les traits de son frère. Il ne revoyait de lui que des images différentes qui, ajoutées l'une à l'autre, se corrigeant l'une par l'autre, formaient un Jean-Luc éloigné de la réalité visible, mais proche, peut-être, de la réalité intérieure. Un adolescent errant dans le jardin gorgé de pluie, tête nue, enfonçant ses mains dans les poches d'un vieil imperméable verdi. Un tout jeune homme au visage contracté, ardent, défiant, dur jusque dans le sommeil. Pendant les nuits d'été, ils avaient partagé la même chambre ; José se rappelait ce corps demi-nu, impatient, qui repoussait les draps. Oh ! lui ressembler ! Comment avait-il su, lui, le petit Daguerne, sans relations, sans argent, sans aide, conquérir Édith Sarlat, devenir le familier de Calixte-Langon, de tous ces hommes qui décidaient du sort du monde, de la paix, de la guerre ? Certes, à ses yeux, comme à ceux de tous les jeunes, les parlementaires n'avaient guère de prestige. Mais, maintenant que la finance chancelante avait perdu la face, la forme la plus visible du pouvoir était, malgré tout, entre leurs mains. Comme Jean-Luc avait su le comprendre, comme il avait su se servir des hommes... Sa carrière ne faisait que commencer, mais, pour José, elle paraissait déjà accomplie. Le plus dur, songeait-il (comme Jean-Luc l'avait songé avant lui), le plus dur était de forcer les barrières que le monde élève entre ses biens et les désirs de la jeunesse. Après, tout serait bien, tout serait facile... Ressembler à Jean-Luc, et le surpasser... Son admiration pour l'aîné avait les caractères de l'amour, mêlés à ceux d'une rivalité ardente. Être, un jour, lui, José, « le Daguerne qui a réussi »... Pourquoi pas ?

« Jean-Luc a déjà trente ans, songea-t-il : trente ans, c'est vieux... Moi... »

– On n'y voit plus, dit sa mère. Claudine, allume la lampe.

La lumière projeta sur la vitre obscurcie le visage de José, et, dans le fond de la pièce, l'ombre des deux femmes sous l'abat-jour jaune.

Mathilde dit tout à coup, répondant à ses pensées :

– Je ne lui ai jamais rien demandé. Dieu sait pourtant que la vie n'a pas été facile après la mort de ton pauvre papa... Mais José est son frère. Il ne peut pas se désintéresser complètement du sort de son frère...

– Tu es naïve, maman, dit Claudine avec un sec petit éclat de rire : il ne s'est jamais soucié de nous... Il ne va pas commencer... Mais ce qui me dépasse, c'est cette admiration qu'il a réussi à t'inspirer. Pourquoi ? Il est chef de cabinet de Calixte-Langon, autant dire un secrétaire, un subalterne... Il a de l'argent. Ce n'est pas étonnant. Il n'est pas difficile d'avoir de l'argent quand on a épousé une fille riche.

– Mais le krach Sarlat ?

– Est-ce que ces gens-là ruinent jamais leur famille... Tout cela est du bluff... Il a dû donner à Édith une grosse dot. Quant à la carrière politique de Jean-Luc, laisse-moi rire. Il n'est même pas député.

– Il peut le devenir.

– Tu t'imagines que c'est facile ? Tu sais bien que Maurice s'est présenté aux dernières élections, et qu'il n'a pas été élu, dit Claudine, avec l'accent de la tendresse conjugale, faite de fierté presque maternelle pour l'homme aimé et de féroce mépris pour le reste de l'univers. Maurice... Si intelligent, si éloquent, si distingué... et ce petit, cet insignifiant Jean-Luc... Il n'est grand homme qu'à tes yeux, maman. Tu t'en laisses si facilement conter...

– C'est ton Maurice qui a de moi cette opinion ?... Je m'en suis souvent laissé conter ?..., fit Mathilde Daguerne, avec ce petit sifflement vipérin des lèvres, dont les femmes se servent dans les querelles familiales : tiens, passe-moi les ciseaux.

– Ils sont là... ils te crèvent les yeux... J'ai voulu dire que tu manques d'expérience.

– Et tu as, naturellement, de l'expérience ? Tu me fais rire !

– Je me contente de répéter ce que dit Maurice.

– Naturellement.

– Tu es jalouse de Jean-Luc, et en même temps, tu espères qu'il pourra servir José. Mais ça... laisse-moi te dire une fois de plus que tu es naïve, tu ferais mieux de compter sur Maurice. D'ailleurs, tu ne manques pas de te servir de Maurice, ça, je te l'accorde, mais ton admiration va à ceux qui ne font rien pour toi.

– Oh ! assez, assez ! Taisez-vous ! murmura José.

Mais elles n'écoutaient pas. Il ouvrit la fenêtre, se pencha au-dehors. Fuir... Leur échapper... Les voix perçantes le poursuivaient. Il songea à Édith, entrevue quatre ans auparavant, le jour du mariage de Jean-Luc. Qu'elle était belle... Mais les femmes, et les plus belles, il y en avait tellement aujourd'hui... Elles étaient si faciles... Elles étaient si... accessibles... Cela seul qui est loin, hors d'atteinte, irrite le désir. L'ambition satisfaite, l'argent, cela ne valait pas, comme autrefois, pour obtenir l'amour des femmes, mais pour soi seul, pour sa propre vertu. Une voiture, comme celle qui avançait maintenant sur la route, une belle et silencieuse voiture, cela excitait la convoitise bien plus que ne l'eût fait la plus belle femme au monde. La voiture s'arrêta devant la maison. C'était Jean-Luc.

– Allume la lanterne du perron, cria Mathilde Daguerne.

Elle se leva et courut à la fenêtre avec la vivacité de la jeunesse. Claudine affectait l'indifférence. José murmura, le cœur battant :

– La belle machine !

Ce n'était que la voiture de Langon, dont Jean-Luc se servait habituellement ; mais, dans la famille Daguerne, on ne le savait pas.

La porte s'ouvrit devant Jean-Luc. Il s'arrêta un instant sur le seuil, ôta son chapeau ; il était admirablement vêtu ; il embrassa sa belle-mère et Claudine, posa un instant la main sur l'épaule de José :

– Un homme maintenant...

Le premier changement qui frappa José fut celui de cette voix dont il se souvenait si bien, mieux que du visage, mieux que des paroles de son frère. Il se rappelait cet accent, volontairement dépouillé, uni, neutre, mais où chaque mot frémissait de passion contenue, d'une sorte de pathétique contracté ; maintenant, elle était, sans effort apparent, égale et douce avec à peine une très légère inflexion de sarcasme et, à d'autres instants, de fatigue. Jean-Luc avait maigri ; il parlait extrêmement peu ; il écoutait avec une attention semblable à celle du chat à l'affût ; il avait appris cela (peut-être à son insu) de Calixte-Langon, dans ses meilleurs moments. Puis, tout à coup, un masque de glace recouvrait ses traits ; les yeux avaient une expression aiguë, moins dure qu'autrefois, plus prudente, indéchiffrable. De tout ce qu'ils disaient tous les trois, son frère, sa mère et Claudine, inventaire, héritage, rien ne parvenait aux oreilles de José, mais avec quel intérêt passionné il regardait son frère ! Jean-Luc avait à peine jeté un coup d'œil sur les murs, sur les meubles. Ils n'éveillaient en lui aucune émotion.

« Cela est bien, pensait José, cela doit être ainsi... On doit se défaire des souvenirs de jeunesse comme le serpent se dépouille d'une vieille peau, sans regret... Moi, à sa place... »

Il tressaillit d'espoir. Pourquoi pas lui, pourquoi pas lui ?... Aux élections prochaines, Jean-Luc serait député, bientôt ministre. Il jouerait auprès de Jean-Luc le rôle de celui-ci auprès de Langon. Jean-Luc était-il heureux ? Mais qui se soucie, aujourd'hui, du bonheur ? Il faut vivre avant tout, vivre ! Se défendre... Des griffes et des dents, se défendre contre les hommes...

José n'avait pas bougé de sa place, devant la fenêtre ouverte. Mme Daguerne parlait avec agitation ; Jean-Luc écoutait, les yeux à demi clos. La voix perçante de Claudine s'éleva, et, un instant, essaya de couvrir celle de Mathilde. José entendit :

– Il n'y a pas, dans toute cette maison, un objet qui vaille plus de dix francs.

– Il y a, dit sa mère avec aigreur, des souvenirs qui sont chers à ton frère non à cause de leur valeur marchande, mais des sentiments qui s'y rattachent. N'est-ce pas, Jean-Luc ?

José n'entendit pas la réponse. Il s'était glissé hors de la maison. Il attendrait son frère dans le jardin, partirait avec lui. Il le verrait un moment, sans témoins ; il obtiendrait de lui, peut-être, non pas une aide, mais un conseil, qui sait ? Il se sentait tout à coup faible et seul.

Quand Jean-Luc parut, José s'élança et demanda d'une voix entrecoupée par l'émotion :

– Est-ce que tu voudrais me prendre avec toi à Paris ?... J'ai promis à un camarade... Tu me jetteras n'importe où, en arrivant...

Jean-Luc le toisa avec un imperceptible sourire :

– Monte, mon vieux...

Il s'arrêta sur la dernière marche du perron, regarda la façade sombre, la lanterne allumée, l'ombre à peine visible maintenant des vieux sapins. Il fit monter son frère dans l'auto, et ils partirent.

2

En parlant avec José, en l'écoutant, Jean-Luc, pour la première fois sentait couler au fond de soi-même ce flot de durée dont on prend si rarement conscience. Pour José, il était déjà un homme arrivé, mûrissant, lui qui se voyait encore au seuil de sa carrière, entouré comme il l'était par des vieillards. Il sourit, mais son cœur était lourd. Il enviait José. Aux yeux de José, la réussite gardait encore sa beauté de songe, son prestige. Pour lui, ne l'ayant pas atteinte encore, il commençait à soupçonner cependant qu'elle n'existe pas. Il y a des succès partiels, empoisonnés par le doute de soi, l'amertume, l'envie, la peur, mais ces sensations aiguës que donne le triomphe, tout ce que ce petit José imaginait sans doute, cela, c'était des rêveries d'enfant. Il restait toujours quelque chose de plus à obtenir, quelque chose de plus rare, de plus difficile, d'inaccessible. Il restait les rivaux. Il restait la peur de l'échec. À l'âge de José, l'échec lui-même était exaltant ; la jeunesse trouvait une sombre jouissance au fond du malheur, du désastre. Pour lui, il était impossible de les supporter même en imagination. Quand il pensait à la possibilité de l'échec aux élections prochaines, il éprouvait à l'avance un sentiment de honte intolérable, qui détruisait en lui toute joie, mais quand il songeait qu'il obtiendrait ce mandat de député, la clef de la carrière, il ne ressentait pas de plaisir. Eh bien ! oui, il ressemblerait à Langon ou à Lesourd. Il posséderait ce que Langon et Lesourd préféraient à la vie même... Et après ?

Comme ce petit José regardait l'auto, les vêtements de son frère ! Avec quelle déférence il lui parlait ! Avec quelle admiration il l'écoutait ! Un instant, Jean-Luc goûta la paix, si rare au cœur de l'ambitieux. Ce chemin qu'il trouvait si long, si lent, représentait aux yeux de José une carrière d'une rapidité prodigieuse ; un éclair, l'éternel mécontentement de soi s'apaisa, s'effaça. Il demanda :

– Que vas-tu faire à Paris ?

– Rien. Mais je serai une nuit loin de la maison, tu comprends ?

– Je comprends...

– Tu es heureux ? demanda tout à coup José à voix basse.

Jean-Luc songea :

« En ceci, il ne me ressemble pas. Je n'aurais jamais demandé ça si... brutalement. Il a moins de prudence que moi, moins de patience... »

José avait gardé une peau de fille, d'une finesse extrême, qui, à la moindre émotion, laissait voir le flot de sang monté à ses joues. Il considérait son frère avec anxiété.

« Que puis-je lui dire ? songea Jean-Luc. Relativement à lui, sans doute suis-je heureux ! »

Il dit à voix haute :

– Pour toi, le bonheur, qu'est-ce que c'est ? L'amour des femmes, l'argent, l'ambition satisfaite ?

– Oh ! l'amour, cela, c'est facile à atteindre... Et l'argent, dans le sens où on l'entendait autrefois, après la guerre, je crois que cela n'existe plus. Hein ? Je veux dire, il n'y a plus de romanesque de la finance, n'est-ce pas ? dit-il en cherchant ses mots et visiblement irrité contre lui-même de les trouver avec tant d'efforts et si pâles : aujourd'hui, il y a la politique.

– Ta mère m'a dit que tu allais vivre à Riom ?

– Oui, fit José avec un soupir.

– Bah ! dit Jean-Luc. Là-bas aussi, l'ambition peut

trouver sa nourriture. Elle est à peine différente, et la réussite est à peine différente.

– Tu te moques de moi, n'est-ce pas ?

– Moins que tu ne le crois.

À Paris, Jean-Luc fit entrer son frère dans un restaurant des Champs-Élysées, lui offrit à boire. Il y avait beaucoup de femmes, du type, songeait-il, qui peut plaire à un adolescent ; il avait oublié que lui-même, à l'âge de José, avait d'autres désirs. Il le présenta à certaines de ces femmes, mais José restait de glace.

Il était tard. Jean-Luc regarda l'heure.

– Partons maintenant. Veux-tu que l'auto te ramène au Vésinet ?

– Oh ! non, je t'en prie...

– Où vas-tu coucher ? Chez moi ?

– Non, non, ne t'occupe pas de ça... J'ai des amis qui me prêteront un lit pour la nuit. Partons, puisque tu es pressé.

– J'ai encore un coup de téléphone à donner, dit Jean-Luc.

José s'arrêta au seuil de la cabine téléphonique ; son frère le poussa légèrement par l'épaule :

– Entre, voyons.

Il demanda le numéro de Calixte-Langon. Il lui parlait depuis un instant, quand il vit tout à coup le regard de José fixé sur lui ; plus que les femmes, plus que l'apparence de la richesse, plus que l'auto, ce que José enviait, c'était cela, son intimité avec Langon, le fait d'être entré dans ce monde qui dispense la richesse et le pouvoir.

Quand ils sortirent, José dit :

– Cela doit te paraître ridicule, mais je t'envie désespérément. J'ai devant moi une vie si difficile, si étroite, et toi... Mais comment faire ? Quel est le secret ?... Est-ce qu'il y a un secret ?... Est-ce que c'est le travail, ou la chance, ou l'intelligence ? Que faut-il ?... Dis-moi... Moi aussi, je voudrais arriver, réussir. Oh ! je te parle ainsi, parce que tu m'as fait boire. Je n'aurais pas osé, autrement. Tu vas te ficher de moi, hein ? Mais ce ne serait pas bien. Ni de me dire : « Je suis arrivé – ça ne vaut pas le voyage... »

– Que veux-tu que je te dise ? dit Jean-Luc en haussant les épaules : il faut connaître les hommes. Cela, sans doute, est le seul secret. Mais ça ne s'apprend pas. On les connaît d'instinct, ou jamais...

Il tendit la main à José :

– Bonsoir, petit...

José, les yeux baissés, murmura :

– Bonsoir...

Jean-Luc le regarda descendre lentement l'avenue des Champs-Élysées. La longue promenade dans la nuit, dans la pluie, la rêverie éveillée parmi les passants qui ne connaissent pas votre nom, ni votre visage, l'espoir ardent qu'un jour ce nom sera célèbre, le désir de réussite et d'action, qui mord le cœur comme jamais aucun amour, plus tard, ne le fera... et les petits bistros dans l'ombre, les amis, les garçons qui vous ressemblent, les longues veilles fiévreuses ; le doux sommeil, tout cela était le lot de José maintenant.

3

Quelque temps auparavant, dans un café de Montparnasse, Jean-Luc avait rencontré Marie Bellanger, l'ancienne maîtresse de Dourdan. Dourdan était, pour lui, la plaie secrète... « La seule lâcheté de ma vie, songeait-il, mais de taille... » Pourtant, il était allé vers Marie ; il lui avait parlé, non pas de Dourdan, car le nom n'eût pas passé ses lèvres, mais d'elle-même, cherchant à apprendre ainsi ce que Dourdan était devenu, si sa peine était terminée. Marie non plus n'avait pas prononcé ce nom !... Jean-Luc apprit qu'elle habitait encore rue Férou et il ressentit le désir de revoir cette chambre. Pourquoi ? ... Sans doute le même désir qui le poussait vers le quartier Latin, où il avait vécu, vers ce Montparnasse où il avait tant de fois dîné d'un croissant et d'un café-crème, vers le Vésinet, enfin. Là seulement, en mesurant le chemin parcouru, s'apaisait dans son cœur une insatisfaction profonde, presque physique. Ainsi, quand il suivait une fille rencontrée dans la rue, quand il montait avec elle dans un triste garni, il cherchait, par le souvenir de la misère passée, à aiguiser le plaisir présent. Les rideaux d'andrinople rouge, les draps froids, la tapisserie pâlie lui rappelaient que, tout à l'heure, il retrouverait une maison commode et belle, et cette Édith qu'il avait tant désirée... Les seuls moments, songeait-il, où l'image d'Édith redevenait précieuse...

Marie était une femme petite et fragile, qui paraissait à la fois très jeune et lasse avant l'âge ; elle avait la gorge et les hanches minces, un visage sans fard, aux joues maigres et fines, des yeux que le sourire n'éclairait pas, qui semblaient devenir plus profonds et soucieux lorsqu'elle riait. Ce premier soir, elle portait un méchant petit manteau noir, un collet de fourrure usée, roussie aux bords, et sur ses cheveux un béret noir, comme lorsqu'elle était venue chez Jean-Luc, quatre ans auparavant.

Depuis, plusieurs fois, ils s'étaient rencontrés, et il était revenu rue Férou avec elle. Ce long couloir sombre, éclairé à une des extrémités par la flamme du gaz, quand il le revoyait, il lui semblait que le temps était aboli, qu'il allait entrer, voir Édith couchée sur le petit canapé, devant le feu. Il s'arrêtait un instant, au seuil de la chambre, pour contempler, comme autrefois, la mince flamme livide dans le couloir ; un souffle invisible la courbait par moments en tous sens, puis elle se redressait, brûlait droite et immobile. Ici, devant cette porte, il avait posé à terre ses deux lourds flambeaux d'argent. Comme il faisait froid, ce jour-là... Qu'il était misérable, mal vêtu, que son cœur était lourd... Ce soir-là, il s'était juré de conquérir Édith, il avait voulu se servir d'elle comme d'un tremplin, et elle avait failli être la cause de sa ruine. Peut-être, s'il eût renoncé à Édith, une autre femme, à présent...

Jamais, dans sa jeunesse, il n'avait éprouvé un si lâche besoin de bonheur, de calme. Le calme, il l'avait redouté plutôt que souhaité. Comme tous les jeunes hommes, il n'avait désiré que la bataille, le succès. Il songeait à José et l'enviait pour cette force ardente de la jeunesse qui, seule, peut se passer de bonheur.

Après avoir quitté José, ce soir-là, il alla chez Marie ; lorsqu'il frappait à sa porte et qu'elle demandait qui était là, à l'accent d'espérance et d'angoisse, il devinait bien que ce n'était pas lui, que c'était un autre qu'elle attendait.

Il demanda à voix basse, quand elle eut ouvert :

– Qui attendiez-vous ?

Mais elle secoua doucement la tête sans répondre. Il entra : elle le fit asseoir, prépara du thé sur une petite lampe à alcool. Tous deux se taisaient. Elle demanda tout à coup :

– Vous veniez ici pour y rencontrer Édith Sarlat, n'est-ce pas ?

– Oui. Vous l'avez connue ?

– Je l'ai connue autrefois... Elle est votre femme maintenant... Cela devrait être le bonheur...

– Je ne sais pas... peut-être, dit-il lentement.

Il éprouvait un sentiment étrange, le désir de se faire plaindre, de raconter à cette femme qu'il connaissait à peine, la tristesse, les déceptions de sa vie. Cependant, il eut honte et se tut.

Elle dit :

– Moi aussi, j'avais épousé un garçon que j'aimais et qui m'aimait. Mais je n'ai pas été particulièrement heureuse.

Elle regardait fixement la fenêtre ouverte, pleine de ténèbres. Elle contemplait l'ombre béante avec désir, avec désespoir.

Il demanda :

– Vous n'avez pas de famille ? Vous n'avez jamais eu d'enfant ?

– Je n'ai jamais eu d'enfant, et je me suis brouillée avec les miens au moment de mon divorce. Je n'ai plus personne.

– Vous travaillez ?

– Oui, je suis secrétaire, dactylo, avocat-conseil, tout ce que vous voulez... dans une petite affaire de contentieux. Ils me paient mal, irrégulièrement, mais, enfin, ils me paient. Je peux vivre. Par le temps qui court, c'est déjà beau...

– Je pourrais vous aider.

Elle ne répondit pas d'abord, puis :

– Je n'ai besoin de rien...

Il la regardait avec étonnement : cette passivité

était tellement étrangère à son propre cœur, mais il ne savait pourquoi, en cette femme, elle le touchait. Certaines d'entre elles – il songeait à Édith – sont si dures à vaincre, impudentes, triomphantes. D'autres, après un malheur, la ruine, un désastre social perdent pied, se laissent glisser, disparaissent. Celle-ci paraissait abandonnée... sans attaches...

Il demanda :

– Vous me permettez de revenir ?

Sans répondre elle inclina doucement la tête. Elle ne souriait pas ; elle le regardait fixement ; mais elle ne paraissait pas le voir ; elle semblait chercher au fond d'elle-même le souvenir d'un visage, le son d'une voix qui s'était tue.

4

Les Daguerne habitaient le dernier étage d'un immeuble neuf, blanc, en bordure du Bois. À cette hauteur, dès que venait le soir, une houle que l'on n'entend pas dans les rues de Paris sifflait aux fenêtres. En s'approchant des vitres, on sentait sa respiration froide ; le ciel était calme, les cimes sombres du Bois bougeaient à peine, mais, ici, et sur la terrasse, aux portes du salon, sans cesse errait, gémissait, criait le vent.

Ce soir-là, par miracle, les Daguerne étaient seuls.

L'appartement, les quatre grandes pièces du devant, la terrasse, les tentures de moire blanche, tout cela était créé uniquement pour les réceptions, le bruit des voix, des rires. La solitude y était funèbre. Les réceptions, pour Jean-Luc, faisaient partie d'un mode de vie adopté après de profondes réflexions, car il n'aimait pas le monde, mais il l'estimait indispensable. Tout se passait avec tant de facilité, après un bon dîner ; les petits trafics d'intérêt et de vanité s'achevaient si bien entre deux portes. On venait chez lui pour y rencontrer des hommes politiques et Langon, surtout Langon, établi à demeure. C'était étrange... cette réussite sociale il la trouvait si lente par certains côtés, mais en ce qui concernait l'argent, sa facilité l'écœurait. Il n'avait pas de fortune, mais les places, le travail, ce qui, pour le commun des mortels, représentait une chance miraculeuse, lui étaient accessibles, aisés à obtenir. Tout se faisait moins par intrigue que par camaraderie, par gentillesse, par désir de montrer son pouvoir ; ces hommes politiques, rigoleurs, gouailleurs, indifférents, leur plus grande faiblesse était de se faire admirer, même par un gamin comme Jean-Luc l'était encore à leurs yeux, de prouver leur puissance. Un mot, un sourire, la bouffée d'un cigare, un « Voyons, mon petit, mais moi seul pourrais arranger cela... Laissez-moi faire... » et la place convoitée était obtenue plus facilement que par un labeur surhumain. Ce n'était pas, loin de là, la fortune, mais trois mille francs par mois ici, quatre mille là, cela donnait la possibilité de recevoir, de s'habiller, d'agrandir encore le cercle des relations et les chances que ces relations engendraient. Que venaient faire là-dedans les rêves de pouvoir et d'ambition ?... La réussite, quand celle-ci est lointaine, a la beauté du rêve, mais, dès qu'elle se trouve sur le plan des réalités, elle paraît sordide et petite.

En face de Jean-Luc, sur le canapé blanc éclairé par une lampe, Édith était à demi étendue, ses beaux bras nus libres dans de larges manches ; elle était extrêmement belle, les formes un peu lourdes, les mouvements lents, mais son visage était d'un éclat, d'une qualité de peau incomparables. Elle portait un peignoir de satin blanc qui découvrait des épaules opulentes et d'un grain serré et lisse comme du marbre ; ses cheveux blonds étaient noués sur la nuque, et elle les touchait par moments, d'un geste distrait et lent, comme on flatte une bête favorite.

« Un bel animal ! » songeait Jean-Luc.

Rien, pas un atome d'amour ne demeurait dans son cœur pour cette femme, autrefois si ardemment désirée.

Il était venu à elle avec tant d'amour ! Jamais il ne lui avait pardonné. Il pensait maintenant qu'elle était responsable de son désenchantement profond. Lorsque la jeunesse a été pleine, ardente, que le cœur a eu sa nourriture, tout va bien, un certain équilibre intérieur est atteint, mais ici... Cet amour avait été si tôt altéré par le désir de vengeance, par l'intérêt, le calcul... Il avait eu tort, peut-être, de ne vouloir aimer que ce qui méritait de l'être. Peut-être le don gratuit de soi était la seule marque visible de l'amour ? Il fronça les sourcils. L'amour... Une chose, du moins, était certaine : c'était un sentiment indigne d'un homme. Il était un homme maintenant, mais au temps où il avait aimé Édith, au temps de l'extrême jeunesse, l'amour, pour l'enfant qu'il avait été, eût dû avoir sa place, exister, être tout-puissant, et, maintenant, désenchanté, repu, d'autres soucis, d'autres passions eussent pris naturellement sa place. Mais ainsi il restait une soif, un désir, un rêve...

Il poussa un soupir irrité, se leva. Édith tourna lentement ses yeux vers lui, et parut surprise de le voir. Ainsi, lui-même, parfois, oubliait sa présence et semblait s'éveiller en sursaut et songer :

« Cette femme, qu'est-ce qu'elle fait là ? »

Ils ne s'étaient pas habitués l'un à l'autre. Malgré les années écoulées, les épreuves supportées ensemble, l'intimité conjugale, l'enfant, ils ne s'étaient pas habitués l'un à l'autre et, lorsqu'ils se trouvaient seuls, ils n'éprouvaient pas de détente, mais une gêne inconsciente, le désir d'être délivrés d'une présence importune.

Elle demanda, avec ce faible accent de colère qui perçait malgré elle dans sa voix, lorsqu'elle lui parlait :

– Tu ne te couches donc pas ?

– Non. Pas encore.

– Éteins cette lampe... Mais non, l'autre. Tu vois bien que j'ai la lumière dans les yeux...

Il obéit ; il s'approcha de la terrasse. Instinctivement, lorsqu'il était dans sa maison, tous ses regards le portaient vers le dehors, vers les rues, ces rues sombres, vides, où, jeune homme, il avait si longuement erré, si seul, si misérable, si merveilleusement libre et abandonné à tous les espoirs. Avec un soupir, il abaissa le rideau de moire blanche. Le caprice d'Édith était de se vêtir uniquement de blanc, de ne vouloir que le blanc autour d'elle. Elle avait abaissé maintenant les mains sur ses genoux. Comme elle ressemblait, songea-t-il tout à coup, à Abel Sarlat, non par les traits, certes, mais par cette faculté d'attention, d'immobilité, cette zone de mystère et de silence que tous deux avaient su préserver au fond d'eux-mêmes. Mais le secret était sordide, celui de cette femme, comme celui de l'homme mort : la vanité et la sensualité seules se partageaient ces cœurs.

Il sortit de la pièce ; dans les chambres du fond habitait le petit Laurent, son fils. Il entra chez lui, le regarda dormir. C'était un gros enfant, beau, mais d'une fraîcheur animale, sans esprit, sans expression, le portrait d'Édith. Il ne s'était jamais attaché à lui ; il le considérait toujours avec une secrète surprise : « Elle a été semée par moi, cette graine étrangère ? »

La Suissesse, en blouse blanche, cousait sous la lampe. Il posa les questions habituelles sur la santé de l'enfant, sur sa sagesse ; il écoutait à peine les réponses. Ah ! cet enfant était venu trop tôt dans sa vie ; il était trop occupé de ses ambitions, de ses passions pour lui donner une part de son existence, donner sans rien demander en échange...

Cela, peut-être, entre lui et cet enfant, comme entre lui et Édith, était, avait toujours été l'obstacle : son instinct profond avait été de donner, mais d'attendre, d'exiger en retour le maximum pour ses dons. Et, sans doute, en ceci, Édith et lui se ressemblaient. Comme ils avaient eu peur, toujours, d'être dupes, d'être, en amour, celui qui fait le mauvais marché, celui qui s'abandonne, qui se sacrifie !... Avec quelle âpreté ils avaient ménagé, calculé leur amour ! Leur amour... Encore, encore cette soif au fond du cœur... À un mouvement brusque qu'il fit, l'enfant se réveilla, écarta ses mèches blondes sur le front et tourna les yeux vers Jean-Luc ; la Suissesse, aussitôt, fit signe à Jean-Luc qu'il fallait partir. Il ne bougeait pas pourtant ; il regardait son fils ; l'enfant enfonça sa tête dans l'oreiller. Jean-Luc sortit.

Il était dix heures à peine. Dans un café de Montparnasse, peut-être, dans la fumée, à une table qu'il connaissait bien, à l'écart, il trouverait Marie, seule... Il entrouvrit la porte, dit à Édith qui n'avait pas bougé de sa place :

– Je sors...

Avec un soupir de bien-être, comme s'il revenait chez lui après un voyage, il sortit dans la rue.

5

Plusieurs fois, dans les semaines qui suivirent, Jean-Luc et Marie Bellanger partirent pour quelques heures aux environs de Paris ; elle acceptait toujours les projets de Jean-Luc avec plaisir, avec cette soumission silencieuse qu'il aimait en elle. Un samedi, quand il eut demandé où elle préférait aller, elle répondit, après avoir imperceptiblement hésité, d'une voix tremblante qui le surprit :

– Barbizon... si vous le voulez bien ?

Le printemps, cette année-là, était glacial ; les arbres de mai, déjà couverts de feuilles, pleuraient sous de froides averses. La forêt entière ruisselait ; le ciel était bas, gris ; dans la plaine, on entendait courir et siffler le vent ; dans la forêt, de chaque branche, de chaque buisson, l'eau coulait avec le chuchotement pressé d'un ruisseau ; la voiture avançait lentement, cahotant dans les ornières ; ils avaient levé les vitres et la pluie venait toquer doucement contre elles, murmurer sans relâche et se plaindre.

– Quel temps ! dit Jean-Luc, contrarié. Revenons !...

Elle secoua la tête :

– Non, non, je vous en prie...

Elle se penchait aux vitres, regardait de toute son âme ; dans cette lumière verte, passant entre les feuilles gorgées d'eau, elle paraissait plus pâle et la chair presque transparente ; il ne savait pourquoi (peut-être par contraste avec la beauté calme et blanche d'Édith), il trouvait à contempler ces joues minces, ces yeux cernés, un plaisir mêlé de pitié et de trouble tendresse.

À l'hôtel où ils déjeunèrent, la grande salle était vide, déjà sombre ; un buisson de lilas, ses fleurs lourdes couvertes de pluie, était planté devant la fenêtre, pressé contre la vitre ; Marie repoussa la croisée, caressa doucement de la main les grappes parfumées, mouillées, qu'un faible vent agitait par instants.

Il était tard déjà ; ils avaient quitté Paris à deux heures, et le ciel s'assombrissait, noir de pluie. Le déjeuner fut long, paresseux. La maison, le village entier semblaient déserts. Marie dit tout à coup :

– Je suis venue ici une fois, en hiver, il y a longtemps.. Il faisait si froid que j'ai passé la journée entière dans ma chambre, dans cet hôtel même...

Elle se tut. Jamais elle n'avait laissé voir sur ses traits autant d'émotion. Il n'osa pas demander avec qui elle était venue ici. Il avait peur d'entendre le nom de Dourdan. Il se versa du vin, le but d'un trait ; en reposant son verre, ses mains tremblaient. Une sensation étrange, aiguë, douloureuse, pénétrait comme un aiguillon le désir que Marie lui inspirait.

Après le déjeuner, ils sortirent ; il y avait, dans une rue voisine de l'hôtel, un petit bar que Jean-Luc connaissait. Ils longèrent un mur bas aux pierres descellées, mouillées par la pluie. Marie, à la dérobée, passa la main sur la crête rugueuse ; elle semblait caresser un visage ami. La pluie, à chaque instant, cessait et recommençait. On entendait le bruit de l'eau, le chuintement des gouttières et le vent qui sifflait dans la plaine et les champs autour du village. Marie ne parlait plus ; elle regardait les maisons, les arbres, la petite quincaillerie, où brillait, parmi les objets de ménage, une étoile d'argent d'un ancien Noël. Elle paraissait reconnaître chaque pierre, chaque détour de la route. Quel souvenir cherchait-elle ici ? Ils passèrent devant une petite fontaine, à l'angle de deux chemins ; elle ferma à demi les yeux, comme pour mieux écouter le bruit de l'eau. Puis elle se remit lentement en marche ; elle avait ôté son éternel béret noir et tendait son front à la pluie ; il lui prit le bras, voyant qu'elle chancelait tout à coup.

– Qu'est-ce que c'est, mon petit ? demanda-t-il doucement.

Elle ne répondit pas ; elle releva en frissonnant le col de son manteau.

– Vous avez froid ?... Venez... Marchons plus vite !...

Elle secoua la tête et sourit, de ce sourire faible, qui ne touchait que les lèvres et laissait les yeux sombres, plus profonds encore, brillants de larmes retenues.

Les premières lumières éclairaient les maisons ; puis on entendit le bruit lourd et lent des contrevents rabattus, des loquets mis sur les portes. Ils étaient seuls ; la campagne paraissait plus sombre encore ; ils marchèrent plus vite, plus proches l'un de l'autre ; il lui prit la main et la tint serrée dans la sienne. À l'horizon, une teinte limpide et rouge parut, et les nuages, tout à coup, semblèrent se soulever, s'alléger, découvrir un vague reflet de ciel clair.

Le bar était une petite maison basse, entourée d'une terrasse à piliers et d'un jardin planté de lilas. La salle où ils entrèrent était vide ; seule, une chatte blanche dormait sur une chaise de paille, devant la cheminée allumée ; cet aspect familial, doux s'alliait étrangement au décor du bar, et à l'odeur de vieux et excellents alcools qui imprégnait les murs.

– Du feu... quel bonheur ! s'écria Marie.

Elle tendit la main à la flamme ; elle tremblait de froid ; au bout d'un instant seulement, ses joues reprirent un peu de couleur, et elle poussa un profond soupir :

– C'est délicieux !...

Elle sourit à Jean-Luc et lui tendit la main, d'un geste d'enfant qui le toucha :

– Merci !

Il la prit doucement par les épaules :

– Chacun de nous a ses soucis, ses mauvais souvenirs... Oublions-les pour une heure... Regardez, voici du feu, une chatte, un phono, du merveilleux champagne, si vous voulez... vous l'aimez ? Que faut-il de plus ?...

Il avança devant la cheminée un rocking-chair et un coussin :

– Par ce temps de chien il ne viendra personne. Nous resterons ici tant qu'il vous plaira...

La patronne, une femme aux cheveux blancs, coiffés en couronne autour d'un visage vermeil et souriant, vint prendre les ordres, et, ayant servi à boire, se retira, les laissant seuls.

Ils ajoutèrent du bois au feu, versèrent dans les verres le champagne si vieux qu'il ne contenait presque plus de mousse et que sa couleur d'or tournait au rose. Le phono jouait. Par moments, le seuil mouillé s'éclairait sous le phare d'une auto perçant la brume, mais elle s'éloignait aussitôt. Il commençait à faire chaud dans la salle ; Jean-Luc ouvrit les fenêtres et, sans parler, ils écoutèrent le bruit de la pluie qui s'égouttait sur les feuilles, qui coulait sur le sol déjà mouillé d'eau, le pénétrait avec un chuchotement léger et pressé comme une caresse. La nuit était venue, une nuit froide et pleine de brouillards, presque une nuit d'automne.

La patronne ouvrit la porte pour demander s'ils n'avaient besoin de rien :

– Quel dommage qu'il fasse ce vilain temps, monsieur ?... Vous auriez pu dîner dans le jardin. Nous avons de si beaux lilas, madame, et, pourtant, il leur a manqué le soleil. Est-ce que monsieur et madame restent jusqu'à demain ?

– Non, dit vivement Marie.

Jean-Luc murmura :

– Nous ne savons pas encore...

Quand la femme fut partie, il demanda :
– Voulez-vous passer la nuit ici ?
Elle était assise devant le feu, la joue appuyée sur sa main ; elle dit, sans le regarder, après un instant de silence :
– Avec vous ?
– Avec moi.
– Non.
– Nous pourrions être de si tendres camarades...
Elle répéta doucement :
– Non.
– Allons, fit-il en soupirant : voici une réponse nette.
– Comme l'était la question.
Il se pencha davantage, présentant ses mains aux flammes.
– Vous n'avez pas d'amant ?
– Non.
– Pourquoi ?
Elle ne répondit pas. Il dit à mi-voix :
– Comme vous paraissez abandonnée... Après le malheur, certaines femmes se redressent plus fortes, comme la vipère, ne pensant qu'à mordre... D'autres s'enferment en elles-mêmes comme en une prison.
– C'est vrai, murmura-t-elle : une prison...
– Vous êtes si seule... Je ne vous offre pas d'amour. Un appui, un ami...
– Oh ! dit-elle, en se tournant pour la première fois vers lui, en le regardant avec une expression de prière : restez mon ami. Ne vous fâchez pas. Ne vous en allez pas. Je ne veux pas être votre maîtresse, et vous-même n'y tenez guère... Taisez-vous... Les femmes ne doivent pas jouer un bien grand rôle dans votre vie. Mais moi, je suis si seule... Je ne peux plus me permettre de perdre un seul être vivant, dit-elle tout à coup, à voix basse.
– Et moi ?...
– Vous, vous êtes heureux...

– Non, dit-il en soupirant.

Voici une femme, enfin, qu'il ne fallait pas tenter de vaincre, d'éblouir... Elle était si pauvre que devant elle seule il n'eût pas craint de se montrer misérable, démuni de tout... Ce fut cet instant-là, l'aveu de sa tristesse et la profonde paix qu'il ressentit, qui éveillèrent en lui l'amour.

6

Le lendemain, tard dans la nuit, les Daguerne et Calixte-Langon revenaient d'un bal. La maison où habitaient leurs amis était bâtie au fond d'Auteuil, entourée de jardins. Il fallait marcher longtemps avant d'arriver à la grille où les voitures attendaient. Édith avait pris le bras de Langon, qui la guidait le long des allées mouillées d'une pluie récente ; des feux de Bengale, ceux qui avaient consenti à prendre, brûlaient faiblement sous les arbres.

Édith, comme à l'ordinaire, était vêtue de blanc. Rien ne donnait plus d'éclat à sa beauté. Langon, par moments, ramenait sur les épaules de la jeune femme la courte jaquette d'hermine qui glissait à demi. Jean-Luc regardait le manège sans le voir. Édith vivait à ses côtés, dans sa maison, et n'occupait pas davantage son esprit qu'un meuble.

Ils montèrent dans l'auto. Langon pérorait. Il était assis auprès d'Édith dans la voiture ; Jean-Luc en face, les bras croisés, les yeux baissés. Quand ils passaient sous le jet de lumière d'un bec de gaz, Édith portait lentement, avec affectation, sa main à ses beaux cheveux, les caressant, lissant le chignon lourd, noué bas sur la nuque et emprisonné dans une résille dorée, selon la mode de cette saison. On voyait briller ses ongles et le diamant à son doigt. Alors, Langon, de son côté, se rejetait vers le fond de la voiture et s'arrêtait un instant de parler ; son visage était éclairé de joie, rajeuni ; il projetait en avant l'éclair blanc de ses dents ; il mordait d'un air important son cigare.

Jean-Luc revoyait son Langon, quatre ans auparavant... Comme il était gai à présent, bien portant, gras, heureux !

Admirable Langon... En ce temps-là, il avait demandé à Jean-Luc de le tutoyer. Maintenant, lorsque Jean-Luc lui disait : « Tu », le ministre avait un petit mouvement d'irritation, aussitôt dissimulée sous un rire cordial, un « Mon bon petit Daguerne, va... ». Il lui frappait l'épaule, disait en ouvrant les bras de ce geste large qui découvrait le cœur :

– Il ira loin, le gamin, s'il veut m'écouter...

Lentement, il abaissait ses bras : l'habitude de la tribune faisait que chaque geste était prolongé plus longtemps qu'il n'est nécessaire dans la vie courante. Même ici, entre Jean-Luc et Édith, lorsqu'il prononçait les paroles les plus simples, il les accompagnait du mouvement de la main levée pour attirer l'attention, comme s'il eût parlé à une foule innombrable, et cette main, il la laissait un long instant immobile, comme s'il eût voulu permettre aux spectateurs de la bien voir ; car il savait que la perception des gens est lente. Puis, il l'abaissait lentement, lourdement, avec une affectation de puissance napoléonienne, sur son genou.

Jean-Luc se souvenait de ses pleurs... Oui, il avait pleuré plus d'une fois dans ses bras, ce bon Langon... de vraies larmes, amères et pesantes.

« Comme je m'acharne sur lui, songea Jean-Luc : est-ce que... je l'envie ? Mais sans doute, mais certainement. Je voudrais sa place. Je voudrais être à ce moment de l'existence où tout est déjà lancé, projeté en avant sur une route sûre. Dans chaque carrière, après le démarrage, il y a comme un moment d'arrêt. La machine hésite, le destin hésite... on ressent à la fois et l'usure nerveuse, et une profonde impatience, et très bas, profondément celé en soi, le soupçon que tout ceci, peut-être, ne valait pas le voyage. »

Il soupira et, tout à coup, ouvrit les yeux, étonné

par le brusque silence de Langon. Ce ne fut qu'un instant, mais il aperçut distinctement la main de Langon serrant la taille d'Édith, sous la jaquette de fourrure. Il fit un mouvement involontaire en avant, et aussitôt la main s'immobilisa, se dissimula. Il se détourna et regarda attentivement la nuit à travers la vitre de la voiture. Quand il eut de nouveau ramené son regard sur sa femme et Langon, il les vit loin de l'autre, les bras de Langon croisés sur sa poitrine, ses deux mains éclairées par la flamme du cigare.

« C'est donc ça ! » songea-t-il.

Il connaissait assez Édith pour être sûr d'une liaison. Il contemplait Langon, son ventre en avant, sa mèche qu'il rejetait en arrière avec une impatience étudiée, ce petit menton rond, ferme, creusé d'une fossette, ses yeux bruns pétillants, et cette gravité d'augure qui croit en lui-même. Était-il possible qu'il s'agît d'amour ? ... du moins de ce qu'Édith entendait par ce mot ?... Non, cette fois-ci, il n'était question que d'intérêt. « Elle a toujours préféré un homme déjà arrivé », songea-t-il, se souvenant de Bolchère. Il mesura avec étonnement à la sourde douleur qu'il ressentait encore, quelle place cet insignifiant épisode entre Édith et lui avait occupée dans son existence.

L'auto roulait maintenant le long des quais ; par intervalles réguliers, le feu d'un globe électrique éclairait l'intérieur de la voiture, où tous se taisaient. Jean-Luc, les yeux fermés, avait repris son attitude habituelle : ses deux bras croisés étreignant fortement sa poitrine, le visage détourné. Pourtant, sa femme et Langon s'étaient doucement écartés l'un de l'autre. Devant la porte de Langon, l'auto s'arrêta.

7

La querelle entre Jean-Luc et sa femme avait commencé sur un mot que tous deux avaient oublié, et maintenant, ils écoutaient, haletants, les paroles qui s'échappaient de leurs lèvres, des paroles de haine qui semblaient jaillir de noires profondeurs, inconnues d'eux-mêmes.

Jamais, ils ne se querellaient ; ils n'éprouvaient l'un pour l'autre qu'indifférence et froideur, et voici qu'une aversion presque animale s'était emparée d'eux. Ils étaient couchés dans l'obscurité, sentant avec épouvante le souffle, la chaleur du corps voisin, si proche et si hostile. Ils maîtrisaient leurs voix encore, mais aucun d'eux n'allumait la lampe au chevet du lit, pour laisser les traits du visage, du moins, libres d'exprimer le chagrin et la haine. Ils se raidissaient tous deux, s'éloignaient le plus possible l'un de l'autre, mais à chacun de leurs mouvements, leurs corps, malgré tout unis, habitués, tremblaient de fureur, ensemble comme, ensemble, ils avaient tremblé de désir.

– Tu ne m'as jamais aimée ! Tu n'as pas de cœur. Tu n'as jamais eu une ombre de tendresse pour moi.

– Et toi, tu es bien la fille d'Abel Sarlat, pétrie de vanité et d'intérêt, et rien au-delà.

Elle poussa un sec petit éclat de rire :

– Intérêt ? Je te conseille de prononcer ce mot-là !... Quel intérêt pouvait me faire épouser le gamin misérable que tu étais ?... Mais, rappelle-toi, rappelle-toi ! Tu n'avais ni argent, ni avenir, ni même métier, et moi, j'étais...

– Oui, je sais, la fille de Sarlat !... Un bel avenir, une belle assurance !... Une belle dot... l'hôtel des ventes, les huissiers... Mais est-ce que je te l'ai jamais reproché ? Est-ce que je ne t'ai pas fait vivre ?

– Vivre toi ? Mais tu crois donc que je ne sais rien ? que je n'ai jamais rien su de la combinaison Langon, comme tu l'appelais ?... De l'histoire des actions ? J'étais malade, l'enfant venait de naître, nous n'avions rien, pas un sou, à peine le pain de chaque jour, et, d'un mot, tu pouvais te procurer de l'argent, me soigner, me sauver, et tu ne l'as pas fait !... Tu crois que je n'ai pas compris ton calcul ? Allons, mon petit, murmura-t-elle, la voix tremblante de haine, je ne suis pas si niaise... Je connaissais déjà toutes ces combinaisons-là, alors que toi, tu n'étais qu'un petit étudiant misérable, qui ne savais ni marcher, ni t'asseoir dans un salon... Tu voulais t'introduire dans l'intimité de Langon, prendre ta part de ses secrets, préparer un éventuel chantage, faire ta carrière grâce à son génie politique... oh ! ne ris pas... Tu es férocement jaloux de lui, je le vois bien...

– Pas même, dit-il doucement.

– Jaloux n'est pas le mot, peut-être... Tu es envieux... C'est bien cela... Tu n'as que de l'envie et du fiel dans le cœur... Et tu as toujours été ainsi... Quel est le mari, quel est le père qui aurait pu, comme toi, calculer, prévoir, réfléchir, peser d'un côté des chances de carrière, de l'autre mes souffrances et celles de son enfant !... Nous deux, nous ne jouions pas un grand rôle, avoue-le, dans tes projets d'avenir... Nous n'étions qu'un fardeau inutile. Si j'avais pu mourir, en ce temps-là et le petit avec moi, tu n'aurais pas été fâché, hein ? C'était cela qu'il te fallait. C'était cela que tu souhaitais.

– Nous étions abandonnés, nous étions entourés d'indifférents, je n'avais pas d'argent, pas de travail, seulement un espoir : Langon. J'ai misé sur lui. Tu me le reproches ?... Pourquoi ?... De mes calculs, de mon ambition, tu as retiré du profit, toi la première... Je confesse que je ne pensais guère à toi. Mais toi, te souciais-tu donc tant de moi ? Si j'avais accepté les quelques milliers de francs qu'on m'offrait, toi, tu n'aurais pas été longue, une fois ta beauté et ta santé revenues, à me laisser, comme tu es prête maintenant à le faire. Une fois dépensé à te soigner, à te donner du confort, du plaisir, l'argent en question, que me restait-il à moi ? Ah ! si j'avais eu confiance en toi, si j'avais senti en toi la tendresse, le dévouement... Je pouvais n'être qu'à toi, dit-il tout à coup, parlant moins à elle qu'à lui-même : tu peux ne pas me croire, mais je te jure que je dis la vérité... C'est toi, c'est toi qui m'as fait tel que je suis ! Ne me reproche donc rien. J'ai le cœur sec, il est vrai, et je souhaite ardemment qu'il ne change pas dans ce monde de coquins et de filles, mais ce cœur, c'est toi qui l'as desséché, ne le vois-tu pas ?

– Moi ?... Tu es fou...

– Tu te rappelles Bolchère ? murmura-t-il, et même ainsi, après tant d'années, il ne put prononcer ce nom sans souffrance.

– Bolchère ?... Tu as de la mémoire...

– Je n'ai rien oublié, dit-il à voix basse. Tu me gardes rancune parce que je t'ai délibérément sacrifiée, mais toi, tu ne rêvais qu'à ça : prendre de moi toute la folle dévotion que je te donnais, car tu l'as eue, tu le sais... Au commencement, il n'y avait pas un atome d'intérêt ni d'ambition dans l'amour que je ressentais pour toi. Tu le sais, n'est-ce pas ? Oui, tu voulais prendre de moi la naïveté, la tendresse, l'espoir, la jeunesse, et puis te moquer de moi et épouser Bolchère !... Oui, je sais bien, c'est courant, c'est banal... Seulement, c'est ineffaçable, dit-il doucement.

– Un enfantillage...

– Il n'y a pas d'enfantillages... Ce sont les seules marques ineffaçables... Après, on oublie... Après, on pardonne... Ainsi, toi, je sais bien que tu veux me quitter pour Langon. Crois-tu que cela me touche ?... Va ? Qui te retient ? Va...

– Langon ? Mais qui te parle de...

Il rit :

– Le réflexe de mensonge de l'épouse. Après tout ce que tu m'as dit, tu recules devant ça... cette chose sans importance. Qu'est-ce que tu veux que ça me fasse ?... Ce brave Langon m'aura servi jusqu'au bout. Nous ne pouvons plus vivre ensemble. Nous nous déchirerions. Mais le voici, comme toujours, à mes ordres... « Cette femme te gêne ? C'est bon je m'en charge. » Délicieux Langon !... Et dire qu'il s'imagine me tromper !... Mais il a toujours été ainsi... Il a toujours cru qu'il faisait avancer le monde, qu'il dirigeait le char de l'État, parce qu'il courait derrière, en soufflant dans sa grosse trompette... Le joli couple que vous allez former, toi et Langon !

– Il vaut mieux que toi !...

– Laisse donc !... Ne prends pas encore ton rôle de femme de chef au sérieux... Tu le connais comme moi... Tu connais sa nullité, sa prétention, ses mensonges. Tu le prends parce que, de nous deux, pour le moment, la meilleure affaire, c'est lui. Il a déjà été renversé et piétiné, et il s'est relevé. Donc, il est le plus fort... Tu recommences ta vie exactement au même point où je t'ai prise. C'est un Bolchère un peu plus vieux, un peu moins riche peut-être, mais plus sûr, en un sens, et que tu sauras faire marcher admirablement. Tout est très bien...

Elle demanda à voix basse :

– Nous divorcerons ?

– Quand tu voudras.

– Mais l'enfant ?

– L'enfant ?

Il poussa un imperceptible soupir, mais il savait

bien qu'il ne se souciait pas de l'enfant, qu'il ne se souciait de rien au monde, sauf de Marie...

– Tu garderas l'enfant, naturellement.

Elle respira plus librement, dit à voix basse :

– Cela vaut mieux...

Ils ne se parlèrent plus. Mais ils demeurèrent longtemps étendus l'un près de l'autre, sans dormir, les yeux ouverts dans l'ombre, retenant leur souffle et d'étranges, de froides larmes.

8

L'instinct profond de Jean-Luc était de modeler la destinée selon ses désirs : voici que les pions lui échappaient, jouaient leur propre jeu ; il fallait que cette apparence de liberté le servît encore.

Il déjeunait en face de Langon, l'écoutait parler, songeait :

« Me séparer d'Édith et de lui... Édith est la forme visible de l'échec, dans ma vie. Je suis plus ambitieux qu'au temps de ma jeunesse. Je désire la réussite sentimentale autant que la réussite matérielle. Donc me défaire d'Édith, en assurant le sort de l'enfant que je ne peux garder. Édith, c'était une erreur, une mesure pour rien. D'autres viendront, une autre viendra... Et, du même coup, me séparer de Langon... J'ai pris de Langon tout ce qu'il pouvait me donner, les relations, l'influence, la connaissance du monde politique et de ses acteurs. Je puis me passer de lui, à présent. Il est mon ennemi, d'ailleurs. Il ne le sait pas encore. Mais moi, je le sens, je le vois. Je sais trop de choses. Je l'ai vu malheureux ; j'ai vu couler ses larmes... ça ne s'oublie pas... Que Langon épouse Édith, que ces deux-là soient unis par mes soins, ce sera une digne fin d'intrigue. Et moi, je serai libre. »

Cependant, il parlait, répondait à Langon, écoutait :

– Mon bon petit, je te prie de croire que je suis renseigné, que je ne parle que de ce que je connais parfaitement. Lorsque, grâce à mes efforts, fut évitée une guerre, dont l'issue eût été catastrophique pour notre civilisation latine et qui eût ébranlé le monde jusqu'à ses bases, l'Italie...

Le timbre métallique d'une voix qui s'exerçait depuis quelque temps à des inflexions sourdes, ardentes, napoléoniennes, frappait les oreilles de Jean-Luc comme une poésie habile, éloquente, sans âme. Il ne méconnaissait pas l'intelligence de Langon, ses dons, mais toujours à travers le Langon triomphant d'aujourd'hui lui apparaissait l'ombre d'un homme en robe de chambre et en pantoufles, dans cette même salle à manger, harassé, anxieux, seul... Si seul... Il avait tant d'amis maintenant, ce brave Langon ! Le téléphone était posé entre les deux couverts et, à chaque instant, la sonnerie retentissait ; il saisissait le récepteur, répondait, puis, s'adressant à Jean-Luc :

– Ce n'est rien. Des félicitations pour mon discours du 12. Une émotion indescriptible. Je le savais. Au moment de le prononcer, j'ai été averti par une sensation comme j'en ai éprouvé une ou deux fois dans ma vie, quand une voix intérieure semble dire : « Attention, mon bon vieux. Tu seras encore éloquent, profond, brillant, certes, mais il ne t'arrivera plus que deux ou trois fois peut-être dans toute ton existence de toucher ainsi le cœur de cette foule qui t'écoute. » Et veux-tu connaître le secret de ce pouvoir, Daguerne ?... C'est un don de soi absolu, sans arrière-pensée. C'est une grande force, cela, mon petit, la force du mâle, du chef. Dominer en se donnant.

Il se tut, soupira, avec une mélancolie charmante :

– Et pourtant, ces paroles seront oubliées demain. Ou qui sait, dénaturées, détournées de leur sens, pour servir les appétits des avides. Mais, bah ! « Fais de ton mieux. » Voici ma devise.

On servait le café. Il se leva :

– Prends quelques notes. Je regrette le temps où tu me servais de secrétaire. Tu veux voler de tes propres ailes, hein, gamin ?

Il s'approcha de lui et lui prit l'oreille. Jean-Luc pensa : « C'est le moment. »

– Écoute, dit-il, il faut que je te parle... De moi...

– De toi ? fit Langon.

Il paraissait non pas inquiet, ni étonné, mais à l'avance envahi par un mortel ennui.

Jean-Luc se hâta d'ajouter :

– De moi par rapport à toi, si tu préfères...

Aussitôt, les yeux de Langon reprirent leur éclat ; pourtant, une expression attentive de chat à l'affût passa sur ses traits.

– Je t'écoute, mon bon vieux, mais sois bref. Tu connais ma vie...

D'un mouvement las des épaules, il rappela le fardeau de devoirs et de travaux qui pesait sur lui.

– Tu crois à mon amitié pour toi ? demanda Jean-Luc après un moment de silence.

– Tu m'as rendu de grands services à un instant de ma vie où tous m'avaient abandonné.

Jean-Luc fit un mouvement. Langon reprit avec force :

– Si, je tiens à en parler ! Je ne l'ai jamais fait. La vie nous emporte. Mais il m'est doux, à l'heure du triomphe, de reconnaître ce que je dois à ton amitié. Tu as eu foi en moi. Il y a des moments dans l'existence d'un homme comme moi où la confiance d'un jeune garçon, presque d'un enfant encore (au fait, tu n'es guère plus qu'un gosse, même aujourd'hui ! Quel âge as-tu ?), cela réconforte autant que l'aide la plus efficace. Non, je n'ai jamais oublié comment tu es entré ici, notre premier déjeuner, ni mes paroles, ni rien, enfin, de ces heures affreuses.

– Ce jour-là, dit Jean-Luc, tu m'as parlé, je me souviens, de toi, de ta nature profonde. Tu m'as montré la différence qui existe entre l'homme public et l'être humain. Tu m'as fait comprendre que l'ambition dans ta vie n'était pas ce qui importait plus que tout. Or, il est une autre passion...

– Laquelle ? fit vivement Langon.

– L'amour...

– Ah ! mon pauvre enfant, l'amour n'est plus pour moi ! L'amour et le bonheur, je les laisse à toi seul, à la jeunesse !

– Édith t'aime, dit doucement Jean-Luc.

– Que dis-tu ? Tu es fou ?

– Et tu as de l'amour pour elle, Calixte.

Langon pâlit ; il ne détourna pas le regard, mais ses yeux parurent plus éclatants encore, indéchiffrables.

– Tu ne crois pas, dit-il enfin, que nous... Tu ne m'imagines pas capable de te tromper ?... Tu connais mes sentiments pour toi... Je te considère comme un fils, Jean-Luc, j'ai pour vous deux une affection profonde...

Assez cruellement, Jean-Luc le laissait balbutier, sans un mot ou un mouvement : il avait appris à maîtriser non seulement sa voix, mais chaque trait de son visage. Le trouble, la peur de Langon lui inspiraient une jouissance profonde.

Il finit par répondre :

– Ne cherche rien au-delà de mes paroles. Je ne vous soupçonne d'aucune vilenie, d'aucune trahison à mon égard...

– Merci, merci ! murmura Langon.

– Mais ne me dis pas que je me suis trompé. Ce serait indigne de toi. Tu aimes ma femme.

Langon baissa la tête.

– Mon enfant, connais-tu la parole si amère d'un grand écrivain anglais : « La tragédie de la vieillesse n'est pas que l'on devient vieux, mais que l'on reste jeune » ? Eh bien ! oui, il est vrai ! J'ai ressenti... à quoi bon le nier ? de l'amour... Moi...

Il avait commencé par jouer la comédie, songeait Jean-Luc, et maintenant, il avait créé une certaine image de lui-même à ses propres yeux, qui devenait la réalité.

– Peut-être n'as-tu pas su être, pour cette jeune femme, l'ami qu'elle souhaitait ? J'ai vu, auprès de toi, son insatisfaction grandissante. Je l'ai aimée, d'abord, à cause de l'amitié que j'éprouvais pour toi. Maintenant... Mais je ne veux pas venir en tiers dans votre jeune vie, mes pauvres enfants. Séparons-nous, Jean-Luc. Elle m'oubliera.

« Ah ! mais non, pensa Jean-Luc avec une ironie qui s'adressait autant à Langon qu'à lui-même : tu veux avoir le beau rôle et te défaire de moi, par la même occasion ? Mais va, tu n'es pas de force. »

Il secoua tristement la tête.

– Trop tard, mon ami, nous avons échangé avec Édith des paroles irréparables. Il n'y a plus d'amour entre nous. Tu es moins coupable que tu ne le crois. Sans doute, je n'ai pas su lui donner le bonheur. Mais il n'est pas trop tard. Puisque tu l'aimes, n'aie plus de scrupules. Elle est libre.

– Mais l'enfant ? murmura Langon.

– Édith gardera l'enfant.

Tout à coup, Langon s'avança vers Jean-Luc, le prit dans ses bras et l'embrassa. À son vif étonnement, Jean-Luc vit sur les traits de Langon un reflet d'émotion réelle :

– Une famille, Jean-Luc, un foyer !... Au fond, c'est toujours cela qui m'a manqué, vois-tu... Tu n'imagines pas ma solitude ! Tu ne sauras jamais ce que j'ai pu éprouver en vous voyant vivre, tous deux, si jeunes, et que j'imaginais si unis, les retours sur moi-même, l'amertume...

Il fit un mouvement de la main. Dans ses yeux brillaient de vraies larmes.

– C'est un dilemme. C'est un cas de conscience affreux. D'une part, la reconnaissance, l'amitié ; de l'autre, le sentiment de ce que je me dois à moi-même. Puis-je refuser le bonheur quand il se présente ? Je ne vis pas pour moi seul. Des milliers d'hommes profiteront de l'acuité de ma pensée, de mon activité, de ce regain de jeunesse que pourra me donner le bonheur...

« Il a une fraîcheur de sentiments inimaginable, songea Jean-Luc : ces gens-là n'aperçoivent la signification de la mort, de l'amour ou du malheur que lorsqu'ils en sont atteints personnellement. Voici que Langon découvre en lui-même, comme un adolescent, tout ce que des générations d'hommes ont ressenti avant lui. »

– Ainsi, tu acceptes ? Je commencerai aussitôt les démarches nécessaires. Le divorce sera aisé...

– Oui. Mais je ne suis pas coupable envers toi, n'est-il pas vrai ? demanda Langon avec angoisse.

– Mais non, mon vieux...

– Et, dit Langon, en hésitant, ta situation auprès de moi ?... Elle deviendra très délicate, impossible...

Ils se turent tous les deux.

– Armand Lesourd, il est vrai, a pour toi un intérêt très vif. Et il serait dommage que tes grandes qualités fussent perdues pour le parti. Les élections approchent. Que te manque-t-il ? L'argent. Car, pour le reste... Tu as la connaissance des hommes, l'habitude des couloirs, l'habileté, une parole un peu sèche encore, un peu terne, mais une maturité de jugement à laquelle il me plaît de rendre hommage. Enfin, tu as vécu à mes côtés !

– Cela est vrai, mon ami, dit Jean-Luc en le regardant avec un sentiment où le mépris et l'affection se mêlaient à doses égales : à tes côtés, j'ai appris à bien connaître les hommes.

9

Jean-Luc était moins attiré par Marie elle-même que par cette chambre, dans ce quartier perdu, qui contenait un monde de souvenirs. Voici, enfin, un lieu sur la terre, où l'on pouvait ne plus se battre, ne plus être à l'affût des moindres paroles, ne pas crâner, ne pas tendre sans cesse une volonté que les années usent si vite...

Quand il pénétrait dans ce corridor noir, au bout duquel tremblait la flamme du gaz, déjà un sentiment de paix l'envahissait. Il entrait. La fenêtre était ouverte. C'était le soir, tard, à l'ordinaire. Le printemps était venu enfin, ardent, impatient. Les arbres donnaient à la fois leurs fleurs et leurs feuilles, qui elles-mêmes se consumaient presque aussitôt et couvraient la terre.

En cette saison, Jean-Luc avait vécu d'abord enfermé dans un lycée, plus tard dans une caserne, puis étaient venues les années de pauvreté, quand la jeunesse n'est occupée que de son propre drame et ne voit rien autour d'elle qui ne soit son reflet.

Maintenant seulement, il pouvait se permettre un instant d'arrêt, de repos.

Il trouvait toujours Marie à la même place, lisant sous une lampe allumée, à une table recouverte d'un vieux tapis de reps rouge. Ses joues étaient maigres, la chair mince et lumineuse ; il ne se lassait pas de regarder les cheveux blonds, d'un blond foncé et léger, et ce dessin de la bouche fine et lasse, aux coins profondément creusés. Pourtant, il ne croyait pas un seul instant à la possibilité de l'amour. Il faut accueillir l'amour dans son cœur avant de lui donner un nom, une forme visible. Il pensait :

« Cette femme ne me déplaît pas... »

Il pensait :

« Elle a un corps charmant. Elle finira bien par coucher... »

Il comprenait qu'elle ne l'aimait pas, mais qu'elle tenait à lui, parce que lui seul venait la voir, s'intéressait à elle. Il avait été assez misérable, assez abandonné lui-même, pour comprendre ce que peut être la solitude au creux d'une grande ville. Elle n'avait ni famille ni amis, certainement pas d'amant. Elle travaillait durement tout le jour. C'était étrange... Autrefois, il avait désiré Édith parce qu'elle était différente de lui-même, parce que la vie riche, brillante, heureuse qu'elle menait l'exaltait, lui donnait de l'envie, et de l'orgueil. Mais il s'intéressait à Marie dans la mesure, croyait-il, où il existait entre eux une fraternité, une ressemblance.

Elle parlait peu, et jamais de Dourdan. Mais elle l'interrogeait sur les années de collège, sur les années de jeunesse et, sans que le nom de Dourdan fût prononcé, elle arrivait à retrouver l'image de son amant, sans que Jean-Luc sût ou désirât la comprendre.

Elle l'écoutait parler, assise à quelque distance de lui, sans le regarder. Un soir, la journée avait été étouffante ; comme ils allaient se séparer, elle lui prit la main, dit doucement :

– Restez...

Il fit un mouvement vers elle. Comme il l'embrassait, elle ouvrit tout à coup les yeux, le regarda avec une expression lointaine et effrayée, comme si elle revenait seulement à elle, et dit :

– Cela n'est pas, cela ne doit pas être l'amour. Ne me reprochez rien plus tard. Ne vous attachez pas à moi. Je suis si seule, ce soir, désespérée...

Elle se laissa prendre, mais sans desserrer les lèvres, ni pour une parole, ni pour un baiser.

10

Édith partit, emportant l'enfant. Elle allait vivre à Cannes, comme tous les ans, mais, à l'automne, elle ne reviendrait pas chez Jean-Luc. Sans doute, le divorce serait prononcé alors. Langon s'était offert à tout aplanir. En certaines circonstances, la protection de Langon donnait à la vie de Jean-Luc la déroutante facilité des rêves. En songe, on franchit ainsi des torrents, des montagnes, avec une aisance merveilleuse, comme porté par les ailes du vent. Et, comme dans les songes, cette facilité étonnait et inquiétait Jean-Luc. Par moments, il reconnaissait, pour la craindre et s'en irriter, la force de Langon, une force qui, tournée contre lui... Mais Langon le redoutait, songeait-il, Langon le ménageait, et lui-même était assez prudent, possédait assez d'expérience pour ne donner aucune prise sur lui à quiconque, à Langon moins qu'à tout autre. Il le connaissait si bien !

Quand Édith partit, il lui offrit de prendre et de garder les meubles et les objets qui lui plaisaient, sans attendre le partage légal. Elle répondit durement :

– Non, je ne désire rien garder. Je hais cet appartement... Je hais tout ce qui me rappelle notre union.

Jamais elle n'oublierait, songeait-il, qu'avec lui elle avait connu la pauvreté. Certaines femmes peuvent pardonner la cruauté, la trahison, mais elles entendent réserver les épreuves matérielles à l'homme seul. Quand l'enfant fut parti, cet enfant qu'il ne reverrait plus, sans doute, qu'en de rares moments, de loin en loin, Jean-Luc ressentit une profonde et soucieuse pitié, qui était peut-être le premier et le dernier éclair de l'amour paternel. Seul, il se trouva non pas attristé par cette solitude, ardemment souhaitée, mais socialement diminué. Cette femme et ce petit faisaient de lui le Daguerne qu'il était devenu, solidement ancré dans la vie, assuré, riche.

Seul, il se voyait semblable au petit Jean-Luc d'autrefois, sans attaches, flottant, libre, trop libre...

Il attendait la fin de l'année, la période électorale, où il aurait l'appui d'Armand Lesourd et de son groupe. Maintenant, il pouvait se permettre de ne penser à rien pour quelques semaines. L'été était venu, les Chambres en vacances lui laissaient ces instants de loisir inquiet qui sont ce que l'homme de ce temps peut avoir de meilleur, de plus proche du bonheur.

Il passait ses soirées, ses nuits avec Marie. Il ne donnait pas encore son nom à l'amour. Il pensait : « C'est une maîtresse agréable... » Et : « Cela ira bien jusqu'à l'automne... »

Mais ce qu'il n'avait pas encore compris dans son âme, son corps déjà le savait, son corps qui tremblait lorsqu'il la voyait, lorsque, dans une foule, au seuil d'un café, dans une rue, il la reconnaissait.

À certains rendez-vous, il allait en pensant à elle avec ennui : à quoi bon perdre son temps avec cette femme ? Que pouvait-elle lui donner ?...

Il l'attendait en songeant à son visage, à la nuit qui les attendait, sans impatience, sans désir. La porte s'ouvrait et, à l'instant où il pensait :

« La voici. Se souvenir qu'il me faut rentrer de bonne heure, que j'ai du travail... »

Au même moment, son corps indocile frémissait de joie et d'amour.

Elle s'asseyait auprès de lui ; il lui parlait, comme à l'ordinaire, d'une manière légère, courtoise, assez froide, mais malgré lui, il cherchait la chaleur de Marie, il retrouvait son odeur, la forme de ce flanc étroit qu'il pressait contre le sien, de ce sein qu'il touchait dans l'ombre de la voiture. Il attendait l'amour, et plus encore, les instants après l'amour, la paix qu'il ne trouvait que dans ses bras. Il berçait contre lui ce corps mince et léger ; le profond attendrissement qu'il n'avait jamais ressenti ni auprès de sa femme malade, ni auprès de son enfant, voici que cette maîtresse inconnue (car que savait-il d'elle ?), voici que cette femme lui procurait enfin cela... Jamais il n'avait connu cette pitié, cette effusion du cœur. Comme il se sentait bien dans cette pauvre chambre... Avec Édith, autrefois, même dans l'amour, il fallait imposer sa volonté, sauvegarder son prestige, vaincre, « sauver la face ». Ici, rien de pareil. Pourtant, elle ne l'aimait pas. Peut-être l'aimerait-elle...

Il serrait doucement sa hanche nue.

– Pourquoi couches-tu avec moi ? demanda-t-il un jour.

Ils étaient étendus sur le lit, dans une chambre inondée de soleil ; il était six heures et un long jour de juillet ; les fleurs qu'il lui avait apportées, abandonnées dans un rayon ardent, se fanaient et mouraient.

– Parce que..., dit-elle comme un enfant.

– Je te plais ?

– Vous ne me déplaisez pas, dit-elle en souriant.

Il la tutoyait, et elle lui disait « vous » ; elle était avec lui d'une docilité parfaite, presque d'esclave, et pourtant si lointaine.

– Mais, enfin, tu as d'autres amants ? Tu en as eu d'autres ?... Mais réponds donc, il faut t'arracher les mots.

– Qu'est-ce que ça vous fait ?

– Et avec moi ? Pourquoi ? dit-il à voix basse.

Elle se tourna lentement vers lui :

– Tiens, j'ai des sens, moi, murmura-t-elle.

Souvent, elle prononçait ainsi des paroles cyniques et libres, mais, tandis qu'Édith, dans son mutisme, un frémissement, un mouvement des paupières la révélaient tout entière, cette femme était plus cachée par les paroles qu'elle disait que par son silence.

Il la regarda, secoua doucement la tête :

– Non, ce n'est pas seulement ça... ce n'est pas si simple...

Avant de ressentir l'attachement pour elle, il s'était senti lié d'une manière presque physique à tout ce qui, entre eux, accompagnait l'amour. Aux fruits qu'il mangeait auprès d'elle, au couvre-pieds rouge, à la flamme du soleil sur les draps, à ce cri aérien qui, venant d'une école voisine, à certaines heures, franchissait les murs, traversait l'espace, et qu'il écoutait à demi endormi, le cœur empli de paix.

Ainsi, il s'accoutumait au bonheur.

11

En septembre, un jour, Jean-Luc reçut une lettre de Marie : « Pouvez-vous vous trouver à six heures, au café du Quai d'Orsay, à l'intérieur même de la gare, dans le hall ? Marie. »

Depuis quelque temps, il la voyait moins souvent ; il l'attendait parfois des soirées entières. À ses reproches, elle répondait à peine, ou disait qu'elle travaillait, qu'elle était malade. Il ne voulait pas souffrir. Il ne voulait pas se permettre la jalousie, les supplications, les larmes.

La veille encore, il l'avait attendue en vain. Dans un grand café, au bruit de l'orchestre éclatant, il avait attendu, les yeux fixés sur l'horloge. Les visages qui l'entouraient disparaissaient dans une épaisse fumée. Il ne voyait rien que cette aiguille qui, lentement, lentement, descendait. Neuf heures dix. Neuf heures un quart. Cela, ce n'était rien encore. Elle viendrait. Neuf heures vingt. Cette porte qui bat sans cesse, ce flot de gens qui, sans cesse, pénètre, qui passe devant lui, qui se disperse... Et, chaque fois qu'une ombre de femme apparaît sur le seuil, cette affreuse espérance... Il se rappelait comment il avait attendu Édith autrefois... Mais cela... comme c'était différent... Édith, à ses yeux, ce n'était pas une femme seulement, c'était la satisfaction de l'orgueil, le rêve, une créature à demi réelle, à demi créée par son désir et son amour de soi. Celle-ci...

Neuf heures vingt-cinq... Ce cadran blanc semblait placé en face de lui de telle façon qu'il ne pût le fuir.

L'aiguille dépassait le chiffre 5. Elle pouvait venir encore ?... Non, hélas ! jamais, jamais... Au commencement, on imagine la mort de celle qu'on attend, et cela est supportable. Puis, on n'imagine plus rien. On souffre. On attend encore. « Elle a été retenue ? Elle est malade ? Non, elle me trahit ! » Ah ! tant pis, qu'elle vienne seulement, seulement sa présence, seulement son odeur ! Seulement un instant de paix... Dix heures moins le quart. Dix heures. Personne. Elle ne viendra pas.

« Cela vaut mieux ainsi. Elle part. Je l'oublierai. »

Il était presque calme en entrant dans le hall de la gare, ce soir-là. Il ouvrit la porte du petit café où il devait l'attendre. Il ne la vit pas. Et aussitôt une sombre inquiétude, une aveugle fureur envahirent son âme. Il traversa le quai, erra sous les verrières obscurcies par la fumée, par le précoce crépuscule. Il songeait :

« Qu'est-ce que je fais ? Je deviens fou ! Je ne peux pas la trouver ainsi ! »

Il revint dans le café ; il chercha désespérément son visage. La voir, seulement la voir un instant ! Puis, qu'elle parte, puisqu'elle doit partir... Dans le sifflement des porteurs, il cherchait une ombre, une voix, un visage aimé... En vain... Il abandonna le hall, descendit sur le quai. Il s'effrayait des battements désordonnés de son cœur. Les trains arrivaient, partaient. Il tressaillait aux cris stridents, à ces gémissements étranges, comme arrachés sous le coup de la douleur et qui n'étaient que des sifflets, des appels, des coups de sirène. Brusquement, il la vit. Elle portait une petite valise à la main, un manteau noir, son éternel béret. Elle s'approcha de lui, demanda :

– Pourquoi ne m'avez-vous pas attendue ? Je dois partir maintenant. Je voulais vous dire adieu.

– Mais où vas-tu ? Qu'est-il arrivé ?

Elle ne répondit pas. Elle lui avait pris la main et l'entraînait.

Il demanda :
– Est-ce que tu pars pour longtemps ? Réponds-moi, Marie !
Elle dit enfin :
– Je ne sais pas.
Ils s'arrêtèrent. Ils étaient pressés contre un banc ; la foule s'écoulait autour d'eux. Elle dit :
– Je pars rejoindre Dourdan. Dourdan a été libéré, mais il ne peut habiter Paris. Il est condamné à une interdiction de séjour. Je vais avec lui. Je vais vivre avec lui.
– Tu ne partiras pas !... Dourdan et toi...
– Je l'aime...
En lui, le réflexe de l'orgueil avait joué, l'orgueil si puissant dans le cœur de certains hommes qu'ils ne peuvent pas plus s'en défaire que de leur chair ou de leur sang. « Avant tout, ne pas avouer, ne pas montrer que je suis touché... » Et, en même temps, il sentait avec épouvante monter à ses lèvres des supplications, de lâches prières. Il se raidit, se calma d'un surhumain effort, murmura :
– Je ne savais rien.
– Oui. Mais je vous avais toujours dit que je m'en irais un jour. Pardonnez-moi... Je suis une misérable femme ! Vous êtes heureux, vous, vous avez votre famille, votre carrière, vous m'oublierez...
Elle se serra un instant contre lui :
– Pardon... J'étais si seule... Vous ne pouvez pas comprendre cela. Mais toutes les femmes me comprendraient. J'étais... désespérée... Pour avoir un ami, des bras chauds, un corps vivant auprès du mien, j'aurais donné mon âme... Mais, Serge, je l'aime... Vous n'avez que l'ambition et l'amour du succès dans le cœur. Vous ne pouvez pas comprendre...
– Marie, mais comment allez-vous vivre ?
Elle haussa les épaules.
– Je ne sais pas.
– Reste ! Reste avec moi ! Ma femme est partie. Je

te garderai. Je t'épouserai, Tu seras riche. Tu seras heureuse.

Il se demanda tout à coup pourquoi il ne lui avait jamais parlé du départ d'Édith. Ils étaient véritablement étrangers l'un à l'autre, et pourtant, de perdre Marie, son cœur se déchirait.

Il ne s'avouait pas vaincu encore. Il la suppliait, la retenait, lui promettait la fortune, le plaisir. Certains hommes, habitués à la domination, même devant un événement irréparable, la mort elle-même, l'espoir ne les abandonne pas. Le train était avancé. Elle ne le regardait plus. Elle n'écoutait plus. Déjà, elle n'était plus là. Il baisa avec désespoir sa main froide ; à toutes ses paroles, elle répondait seulement « non, non », avec une implacable douceur. Le sifflement aigu du train couvrait, par moments, sa voix :

– L'homme que tu vas retrouver maintenant, tu ne le connais pas. La prison, le malheur ont fait de lui un être déchu, aigri, différent de celui que tu as aimé ! Tu souffriras... Marie... Je te supplie de m'écouter... C'est une insigne folie... Tu ne l'aimes pas. Tu as pitié de lui...

– Laissez-moi, je dois partir, dit-elle sans l'écouter, essayant d'arracher sa main qu'il tenait avec force.

– Mais moi, enfin, moi ! cria-t-il. Marie !... regarde-toi, tes misérables vêtements, ta pâleur ! Je te donnerai la richesse... Je te donnerai...

– Non.

– Je te donnerai tant d'amour, dit-il, et, en prononçant ces mots, les larmes enfin jaillirent, des larmes de honte.

Elle lui échappa et sauta sur le marchepied du wagon. Tout à coup, elle se pencha vers lui, lui tendit la main :

– Adieu... Allez-vous-en... Allez-vous-en vite !... Ne me regrettez pas. Je ne vaux pas un regret...

Le train partit...

12

Après le départ de Marie, Jean-Luc se rejeta avec désespoir vers les intrigues de la politique. L'intrigue était nécessaire à son existence, comme peut l'être pour le chasseur la connaissance des habitudes et des ruses de son gibier. Mais elle ne lui apportait plus de bonheur, ni même cette joie aiguë, orgueilleuse qu'il avait ressentie, si souvent. Il se rappelait sa jeunesse. Certes, rien n'est plus terrible que d'être ambitieux et de sentir le temps passer sans avancer, sans pouvoir déloger les autres des places occupées. Mais rien n'est plus amer que de voir de surhumains efforts donner si peu de bonheur. Il ne reste qu'une consolation possible : se dire qu'il n'y a pas de bonheur. Mais il songeait à Marie, à son corps, au lent et triste sourire avec lequel elle acceptait ses baisers, et il sentait que là était le bonheur, ou du moins une sensation de paix, un noir et doux sommeil de l'âme, perdus pour lui.

Il se défendait avec rage : il se disait que l'asservissement à l'amour est indigne d'un homme, mais il ne pouvait pas lutter contre toute une part de son être, affamée de tendresse, qui s'éveillait en lui, voulait sa nourriture, et dont il se sentait avec épouvante devenir à son tour la proie. Amoureux... l'amour... il avait honte des mots mêmes. Son esprit, son caractère, ce qu'il y avait en lui de plus ardent, de plus ferme, voulait ne connaître, ne s'intéresser passionnément qu'au côté viril de la vie, à la politique, au succès, aux intrigues, mais son cœur n'avait qu'un désir, la présence de Marie, pas même son amour, mais elle, sa voix, sa chaleur. Il savait qu'une attitude virile devant la vie est la seule qui importe, la seule digne, et l'autre basse, honteuse, mais il était sans forces... Dans l'extrême jeunesse, l'amour est facile à vaincre. Il y a tant de désirs pour un adolescent... Mais il avait trente ans, l'âge où certaines joies ont perdu leur aiguillon, où elles n'ont pas encore acquis le pouvoir de l'habitude. Tout ce qu'il avait aimé, tout cela ne valait pas, à ses yeux, la présence de Marie.

Septembre était, cette année-là, sec et ardent. Il travaillait la nuit, dans l'appartement vide. Il dressait, disciplinait en lui ses pensées, ses désirs. Il s'interdisait de songer à Marie. Il y parvenait, par moments. Mais tout à coup, il repoussait les dossiers, se penchait, la tête sur son bras, les yeux fermés, et la vague de douleur si longtemps, si sévèrement contenue, bridée, refluait en lui, l'envahissait tout entier, avec un sauvage désir de Marie, de sa présence, de son odeur. Puis, la douleur aiguë s'atténuait, reculait, ne laissant qu'une lancinante et sourde tristesse. Il ne pouvait plus travailler cependant... Il se levait, repoussait sa chaise, allait sur la terrasse, revenait dans la chambre d'Édith, dans celle du petit Laurent. Il ouvrait les fenêtres plus largement, essayant de capter tout l'air respirable, mais, ces nuits-là, la chaleur était telle que le courant d'air ne procurait même pas l'illusion de la fraîcheur, qu'il ne parvenait pas à sécher la sueur sur son corps. Il marchait pieds nus, d'un mur à l'autre. Toutes les portes étaient béantes ; un souffle continu faisait claquer les lettres sur sa table, retenues par l'épais presse-papiers de cristal. Il fermait les yeux. Marie... Il revenait dans sa chambre, se jetait sur le lit, étreignait l'oreiller de ses deux bras serrés comme autrefois, dans sa petite chambre au-dessus du Ludo, comme autrefois, pour Édith... Comment avait-il pu vaincre son amour pour Édith ? Il tâchait désespérément de retrouver la froide logique qui l'avait éloigné d'Édith. En ce temps-là, il ne pouvait aimer que ce qui acceptait, lui rendait au centuple son amour... Mais il n'avait pas besoin que Marie eût pour lui de l'amour. Infidèle, il l'aimait. Amoureuse de Dourdan, il l'aimait. Il était la victime d'une force déchaînée dans son cœur, qu'il ne connaissait pas, qui l'effrayait, qui était plus puissante que lui. Il ressentait une souffrance d'orphelin. Il songeait :

« C'est comique. Je souffre maintenant seulement de tout ce qui, toute ma vie, m'a manqué. La solitude, le froid du cœur, tout ce que l'on supporte si allègrement dans la jeunesse, tout ce qui, croit-on, vous dresse, tend votre volonté, tout m'abat maintenant. Ce n'est pas seulement le départ de Marie, ce n'est pas un seul malheur... C'est la somme de tous les malheurs supportés sans rien dire, sans broncher, sans se permettre une plainte, en serrant les poings, en serrant les dents, et que rien, jamais, malgré tous les efforts, n'efface... »

Ces nuits étouffantes, Jean-Luc pleurait non seulement parce qu'il avait perdu Marie, mais parce qu'il avait vécu sans tendresse, parce qu'Édith l'avait trahi, parce qu'il n'avait plus de fils, parce qu'il avait eu froid, parce qu'il avait eu faim. Il songeait : « On passe sa vie à se battre, haletant, désespéré. On se croit vainqueur, mais toutes les humiliations, tous les échecs, toutes les déceptions, les désastres, tout cela reste en vous, attend, et, un jour, remonte et vous étouffe, comme si la faiblesse de l'enfant veillait au cœur de l'homme, prête à le vaincre, prête à l'abattre. »

La nuit passait ; le jour venait ; le travail recommençait, mais il ne parvenait pas à étouffer en lui cette panique intérieure, ce désir de tendresse, ce besoin désespéré d'amour.

13

À partir du jour où il eut commencé à rechercher dans quelle ville résidait Dourdan, il comprit qu'il était perdu. Il songeait avec rage :

« Mais pourquoi me suis-je attaché à cette fille-là ? Pourquoi ?... »

Il partirait. Il tenterait de la prendre à Dourdan. Elle consentirait... Elle avait pour lui quelque tendresse, un semblant de reconnaissance... Qui sait ? Peut-être de l'amour ?... Il ne se résignait pas à ne pas être aimé. Il gardait au fond du cœur un misérable espoir. Misérable ? Non, si fort, au contraire, tenace, désespéré. Malgré le départ de Marie, malgré ses paroles, il ne parvenait pas à chasser cet espoir.

« Elle est restée près de quatre mois avec Dourdan. Elle a souffert avec lui la pauvreté, les privations. Qui sait ? »

Sans oser se l'avouer, il songeait aussi :

« À cause de lui, peut-être, consentira-t-elle ?... Moi seul je peux leur venir en aide... »

Il avait toujours pesé sur sa destinée. Il ne s'était jamais résigné. En amour aussi, il s'attachait à tirer parti des circonstances, de sa propre faiblesse. Il accepterait Dourdan. Mais il lui fallait cette femme. Il lui fallait satisfaire cette prédilection insensée. Il se servait d'instinct, en amour, de la technique qui lui avait servi dans la conduite de ses affaires : la ruse, la patience, la connaissance des êtres humains. À certains moments de la vie, il n'y a de place dans l'âme que pour une seule passion. En celle-ci s'étaient fondues l'ambition, l'avidité, l'habitude de la conquête, tout ce qui l'avait possédé jusqu'ici. Dès qu'il se fut procuré l'adresse de Dourdan, il partit.

Dourdan habitait une petite ville dans la région de la Loire. Jean-Luc arriva à la nuit. La voiture, attelée d'un vieux cheval, qu'il avait louée en sortant de la gare, traversa des rues noires, endormies, un pont mal éclairé. De faibles lumières brillaient sur une colline. On entendait le bruit des contrevents fermés, des chaînes tirées derrière les portes, le sabot d'un cheval sur le pavé. Puis ils quittèrent les quais et s'arrêtèrent devant un petit café sombre.

Jean-Luc entra ; la salle du bas était déserte : de la sciure répandue par terre étouffait le bruit des pas. Les tables étaient déjà rangées le long des murs, les chaises de fer pliées en tas dans un coin. Pourtant, dans la pièce voisine, une lampe était allumée. Quelques hommes jouaient encore aux cartes. Il n'était pas plus de neuf heures. Jean-Luc demanda où était Dourdan.

On lui montra sa porte, au premier. L'escalier était étroit, encastré entre deux murs. Jean-Luc montait lentement, tâtonnant dans l'obscurité. Il frappa, reconnut la voix de Dourdan, entra.

La chambre ne contenait guère qu'un lit immense en acajou et deux fauteuils de paille. Sur le lit, Marie était étendue. Dourdan écrivait, un buvard sur ses genoux. Il poussa une exclamation étouffée :

– Toi ?

Il avait peu changé, mais il paraissait plus pâle et malade. Jean-Luc tendit sa main. Dourdan hésita à la prendre, dit enfin froidement :

– Tu t'es souvenu de moi ?

Il ajouta :

– Je sais que Marie s'est adressée à toi...

Jean-Luc ne parvenait pas à desserrer les lèvres. Dourdan poussa vers lui une chaise :

– Pardonne-nous. C'est si petit, ici...

Il s'assit lui-même sur le lit, auprès de Marie, blême et silencieuse.

– Pourquoi es-tu fâché contre moi ? demanda enfin Jean-Luc : je ne pouvais pas t'aider, alors, tu le sais. Je n'avais ni argent, ni influence. Maintenant, ce serait autre chose...

– Oui, seulement, maintenant, il est trop tard... Mais je ne t'en veux nullement, vieux... Nullement, dit-il d'une voix ironique et grinçante. Alors, toi, ça va bien, tu es heureux ? Ta femme ?

– Pourquoi parler de moi ?

– Et pourquoi parler de moi ?... Tu es bien bon de t'intéresser à moi ! Tu t'imagines que je ne suis plus bon à rien, que je n'arriverai pas à arranger ma vie tout seul ? On vit en prison comme ailleurs. On vit après la prison. Quand je ne serai plus bouclé ici...

Jean-Luc vit le regard suppliant de Marie, qui arrêta les paroles sur ses lèvres. Il comprit que Dourdan refuserait toute aide de sa part. Mais Marie, sans doute, était heureuse de le voir, espérait qu'il les aiderait... Il songea :

« La tenir ainsi... »

Que savait Dourdan ? Était-il possible qu'il sût par Marie ?... Mais non, Marie tremblait, il le voyait. Elle craignait qu'un mot vînt révéler leur liaison. Allons, il la tenait bien.

Il se sentit plus calme. Il dit :

– Veux-tu me promettre, du moins, en cas de nécessité absolue, de t'adresser à moi ?

– Mais oui, mon vieux, mais oui...

Ils se turent tous deux. Jean-Luc marcha vers la petite fenêtre, regarda la rue vide, un fanal devant la porte :

– Et vous vivez là depuis ?...

– Depuis ma sortie de prison, dit Dourdan d'une voix perçante, étrange, presque hystérique, tandis que son visage restait impassible.

Jean-Luc songea :

« Il est touché à mort, il ne se relèvera plus. Elle doit le comprendre. Elle reviendra... »

– J'ai appris par Marie que tu étais l'*alter ego* de Calixte-Langon, futur député toi-même. Tu ne crains pas de te compromettre en venant me voir ?

– Tu vois que non, fit doucement Jean-Luc.

Il attendit un instant, ajouta :

– Écoute, s'il t'est pénible de me voir, dis-le-moi franchement. Je comprendrai...

– Quoi ? cria tout à coup Dourdan ; que peux-tu comprendre ? Tu crois que je t'envie, n'est-ce pas ? Qu'il m'est impossible de regarder sans haine ta figure heureuse, tes beaux vêtements ? Mais sais-tu que tu n'as pas l'air trop heureux toi-même, mon ami Jean-Luc ?... Tu n'es ni très tranquille, ni très content. Il te manque quelque chose à toi aussi, peut-être, ou quelqu'un ? Hein ? Mais non, que peut-il te manquer ? Écoute, nous avons été si bons amis que je te dois au moins la franchise. Oui, il m'est pénible de te voir ! Je ne doute pas que tu sois venu ici avec d'excellentes intentions, mais je t'en prie, laisse-moi ! Je te jure que je n'ai besoin de rien. Je touche quelques centaines de francs par mois de la part de mon oncle, tu sais, le failli ?... Oui, je ne sais pas comment il s'est arrangé, mais il arrive à m'envoyer ça. Et ici, je n'ai pas besoin d'autre chose. Je suis aussi heureux qu'il est possible de l'être. Voilà. Maintenant, tu sais tout. Rentre tranquillement à Paris. Reprends ta vie brillante, heureuse. Je te souhaite de devenir député, ministre, président de la République, tout ce que tu voudras, tout ce qui peut te faire plaisir ! Va, maintenant, mon petit vieux ! Va...

Au moment où Jean-Luc allait descendre, Dourdan se tourna vers Marie :

– Va avec lui. Montre-lui le chemin.

Elle prit des mains de Dourdan la lampe à pétrole allumée, dit à Jean-Luc :

– Suivez-moi !

Ils traversèrent la salle du café. Elle posa la lampe sur une table et sortit avec Jean-Luc. Il pleuvait ; le fiacre attendait au coin de la rue. Il lui saisit la main, dit d'une voix entrecoupée :

– Viens ! Viens avec moi !

Elle secoua la tête sans répondre.

Jean-Luc demanda :

– Il sait, n'est-ce pas ?

– Je n'ai jamais rien dit, mais il a soupçonné, deviné, je le crois... Je craignais de votre part une démarche, une lettre... Je lui ai dit que je vous connaissais...

Elle tentait vainement d'arracher la main qui tenait la sienne ; la pluie tombait sur leurs visages. Il était plus calme pourtant, sûr de lui. Elle était à sa merci. Il retrouvait sa force.

– Si j'arrivais à vous faire partir d'ici, à obtenir la grâce complète de Dourdan, serais-tu plus heureuse ?

Elle ne répondit pas. Au-dessus d'eux, la fenêtre de Dourdan s'ouvrit. Il appela d'une voix aiguë :

– Marie !

Elle leva la tête, fit un signe de la main. La fenêtre se referma. Elle dit avec désespoir :

– Cela nous sauverait, mais que gagnerez-vous à ça ?... Je ne le quitterai jamais, vous ne l'avez pas encore compris...

– Trouve un prétexte. Viens à Paris. J'arrangerai tout, j'obtiendrai tout. Seulement te revoir, te garder auprès de moi, dit-il en se souvenant de ces longues nuits, où il cachait son visage dans les bras repliés de Marie et oubliait le monde : seulement ça... cette paix profonde, ce que toi seule as pu me donner... Je ne serai pas jaloux, il ne saura rien... Viens seulement, viens... Écoute, je te jure que lorsque tu viendras à Paris, tu trouveras chez moi la grâce de Dourdan, sa complète liberté, je te le jure. Je frapperai à toutes les portes. Je ferai tout au monde, je te le jure...

Elle secoua doucement la tête :

– Ah ! quand il faut marchander, ruser, vous êtes

à votre affaire... Partez maintenant, partez ! dit-elle précipitamment.

Elle remonta les marches, ouvrit la porte ; il la vit traverser la salle, prendre la lampe et disparaître. Il partit.

14

Deux mois s'écoulèrent. Jean-Luc attendait. Ainsi, quand il avait joué sur Langon, misé sur Langon, il avait attendu, l'âme envahie par une seule passion ; celle de réussir, d'être le plus fort. Il avait fait toutes les démarches nécessaires pour obtenir la grâce de Dourdan ; il ne restait plus que les dernières formalités ; celles-là s'accompliraient aisément dès que Marie viendrait. Car il n'eût rien donné pour rien... Il lui fallait la présence de Marie : il l'achetait. Il acceptait Dourdan, mais il se débarrasserait de lui avec des menaces, ou avec de l'argent. La volonté impitoyable, l'âpreté, la ruse, pour lui, n'étaient pas perdues, mais il les projetait dans l'amour. Cependant, il y avait dans sa carrière cet arrêt brusque qui survient parfois lorsque tout a trop bien, trop facilement marché dès le commencement. Il avait dû abandonner certaines places, où il s'occupait trop ouvertement des affaires de Langon. Il songeait que cela valait mieux... Pour la campagne électorale qui s'ouvrait, il valait mieux laisser de côté, pendant quelque temps, tout ce qui se rapportait à l'argent, faire oublier qu'il était le gendre d'Abel Sarlat. Chose étrange, ceci, qui avait été presque ignoré en son temps, surgissait dans des articles malveillants, dans des conversations et des allusions autour de lui. Il avait méconnu l'influence d'Édith sur l'esprit malléable de Langon : maintenant qu'elle allait devenir sa femme, elle avait pris auprès de lui la place que Jean-Luc avait autrefois occupée. Langon voyait par ses yeux. Elle avait réussi à lui faire entendre que Jean-Luc était son rival, son ennemi naturel. Cette hostilité, Jean-Luc la pressentait seulement ; il n'en avait pas encore goûté les fruits. Il avait revu Langon chez Armand Lesourd, un Langon glacial, distrait, « grand patron », voilé de discrétion et de silence comme Jupiter, lorsqu'il descendait chez les mortels.

Armand Lesourd semblait trouver un subtil plaisir à les voir l'un auprès de l'autre, à les opposer l'un à l'autre. Par moments, ses yeux allaient de Jean-Luc à Langon, comme s'il les jaugeait, les évaluait en esprit. Jean-Luc éprouvait, pour la première fois de sa vie, une lassitude profonde. Cette carrière si soigneusement ordonnée, à laquelle il avait sacrifié tout au monde, voici qu'elle lui apparaissait terne et triste, comme un long chemin, dangereux, dur, qui ne mène que vers une fin certaine, la mort. Le pouvoir, le succès étaient des rêveries d'enfant. Il n'existe plus de royaume là où des milliers de roitelets se sont partagés l'héritage. Il quittait ces hommes, dont il connaissait trop bien les passions, les réactions, les gestes et les paroles, et revenait s'enfermer dans son appartement vide, rêver à Marie, et l'attendre.

Il était sûr qu'elle viendrait. Il n'y fallait que la patience et le temps. Et, en effet, un soir, il la trouva chez lui. Ainsi, quatre ans auparavant, quand elle était venue le supplier d'aider Dourdan... En l'apercevant, il ne ressentit pas de bonheur, mais un enivrement désespéré. Il dit doucement :

– Dans une semaine, Dourdan pourra revenir ici... Je lui trouverai du travail. Ne t'inquiète pas. Ne pense à rien. Je t'aiderai. Je t'aime...

Il la prit par la main, toucha ses joues, ses cheveux :

– Toi !... Enfin, toi !...

Il la serra contre lui et vit qu'elle tremblait de fièvre. Son visage pâle et décomposé, ses doigts glacés l'effrayèrent.

– Marie... Tu es malade ?

– Oui, dit-elle : c'est pour cela que lui... que Serge a accepté enfin votre aide... Nous n'avons pas d'argent, nous n'avons plus rien. Dans cette petite ville, tout le monde sait qu'il est sorti de prison, et il ne peut pas travailler. Il faut partir, il le faut, répéta-t-elle en tordant nerveusement ses mains d'un mouvement qu'il ne connaissait pas.

– Je te donnerai de l'argent, dit-il.

Elle le repoussa, secoua la tête :

– Non, pas ça... Jamais !... Est-ce que je vous ai jamais pris un sou ? Je ne veux pas de votre argent. Trouvez-lui du travail... Sauvez-le ! Mais pour moi, je ne veux rien ! Rien.

Elle parlait avec une hâte fiévreuse et folle. Il l'aida à s'étendre sur le canapé, dit à voix basse :

– Tu trembles... Tu es glacée... Ne bouge pas... Repose-toi...

Elle se serrait contre lui, et en lui le désir s'effaçait. Ce que jamais il n'avait éprouvé, la tendresse profonde, insensée, que ni sa femme, ni son enfant, ni aucun être au monde n'avaient réussi à éveiller en lui, voici qu'elle s'emparait de lui maintenant avec une force effrayante... Pour la première fois de sa vie, il ne souhaitait rien en échange de sa souffrance. Il s'assit à côté de Marie ; elle serrait contre sa poitrine ses bras glacés.

– Attends. Prends ceci, dit-il, en jetant sur elle une couverture chaude. Essaye de dormir...

Elle ouvrit tout à coup les yeux :

– Je voudrais t'aimer, dit-elle tout bas, mais ce que tu ressens pour moi, cette folie aveugle, c'est cela et pas autre chose que je ressens pour lui. Et pas plus que tu ne pourras m'oublier, ni me quitter, moi, je ne pourrais vivre sans lui.

Il supplia humblement :

– Marie, je ne veux que te revoir. Tu ne me refuseras pas ? Je ne te demanderai rien, je n'exigerai rien, mais quand vous serez tous les deux ici, promets-moi que je te reverrai. Jure-le-moi, et, cette nuit, je te laisserai, si tu le désires...

Elle sourit faiblement :

– Je serais une si misérable maîtresse...

– Promets-le-moi, Marie ! Je ne peux pas vivre sans toi ! dit-il péniblement en desserrant ses lèvres tremblantes.

Elle le regarda avec pitié :

– Je porte malheur, je crois... Tu étais heureux...

– Non, dit-il avec une force et une sincérité qui la surprirent : je n'ai jamais été heureux... Je n'ai jamais recherché le bonheur, et, à cause de cela, sans doute, il ne m'a pas été donné. J'ai besoin de toi, Marie. Dourdan est un homme comblé en comparaison de moi. Mais tu n'as même pas pitié de moi...

Elle avait fermé les yeux et sa bouche contractée tremblait. Il se tut, la prit dans ses bras, la serra contre sa poitrine, et, là, elle s'endormit, pressée contre lui, rêvant à un autre.

15

Marie dormait encore, quand José, que son frère, depuis plusieurs semaines, n'avait pas revu, sonna à la porte de Jean-Luc. Jean-Luc ne s'était pas couché ; il avait passé la nuit auprès de Marie ; il ouvrit à José et, un instant, il sembla ne pas le reconnaître.

José, étonné, murmura :

– Je te demande pardon... Je te dérange... Je...

Jean-Luc passa lentement la main sur son front :

– Toi ? fit-il. Non, tu ne me déranges pas... Entre.

Il assourdissait la voix pour ne pas éveiller Marie dans la chambre voisine. José se méprit et demanda :

– Ta femme est encore à Paris ?... J'avais cru...

Jean-Luc le fit entrer dans le petit salon d'Édith, vide. José regarda les murs peints en soupirant :

– Comme c'est beau, ici...

Il accepta une tasse de café que lui offrait son frère ; Jean-Luc demanda :

– Tu n'es donc plus à Riom ?

– Je n'irai pas à Riom, dit José avec violence ; je veux vivre à Paris. Oh ! je ne viens rien te demander, seulement, malgré tout, tu es le seul parent qui me reste... Je voudrais savoir si, le cas échéant, je peux compter sur toi ?... Attends, je te répète qu'il ne s'agit pas d'une aide, d'un secours immédiat. Pour le moment, je me débrouille, je bricole, j'ai trouvé une place d'aide-photographe, pour un journal. Je vis à peu près. Mais plus tard, si tout ratait, je voudrais savoir, être sûr que ce n'est pas pour moi la solitude complète ou la nécessité de quitter Paris...

– Pourquoi as-tu fait ça ? Tu avais une place, un gagne-pain assuré... À ton âge, je m'en serais contenté...

– Non, dit doucement José.

– Tu crois ? Peut-être... Mais qu'est-ce que cela te donnera de si épatant, ton boulot d'à présent ? demanda Jean-Luc d'une voix lasse.

– D'abord, la liberté, la possibilité de faire ma vie sans rien demander à personne, sans que personne, plus tard, ait le droit de se mêler de ce qui ne regarde que moi.

– Je comprends, fit Jean-Luc.

Mais il écoutait à demi : toutes ses pensées étaient tournées vers Marie. Dormait-elle encore ? Se sentait-elle mieux, reposée, plus forte ?... Il regardait José debout devant la fenêtre, ce visage acéré, brillant d'intelligence, ces yeux durs... Pour la première fois, la dureté implacable de ce regard d'adolescent le frappait, ces yeux clairs et rayonnants qui ne cherchaient dans le monde que leur propre reflet. Il demanda :

– Et ta mère ?

José fronça les sourcils :

– Elle est partie, elle...

– Telle que je la connais, je m'étonne que tu aies si facilement obtenu son consentement...

– Je n'ai pas eu trop de peine... Elle ne peut m'empêcher d'arranger ma vie comme je veux. Elle ne peut rien faire d'autre pour moi que de me laisser libre. C'est bien le moins... C'est la seule aide efficace que les parents puissent nous donner. Tu ne crois pas ? dit-il tout à coup, en relevant le front et rejetant en arrière ses cheveux d'un mouvement vif, impatient, presque enfantin encore.

Jean-Luc mit un doigt sur ses lèvres.

– Chut ! Pas si haut... Tu réveillerais...

– Ta femme ? Pardon...

Il baissa la voix, dit avec timidité :

– Je vais te quitter, Jean-Luc.

Il ne partait pas pourtant. Il regardait son frère avec une expression de curiosité, d'anxiété qui finit par toucher Jean-Luc.

Plus doucement, Jean-Luc dit :

– Je crois que tu viens me demander quelque chose de semblable à une leçon... Ce n'est pas cela ?

– Non. Mais je ne suis qu'un enfant. Toi, tu te débats là-dedans depuis plusieurs années. Et tu as commencé comme moi. Nous sommes de la même génération, au fond. Nous sommes arrivés trop tard.

– « Au banquet de la vie infortunés convives », quand il ne reste plus de petits-fours, et que le barman a enfermé son shaker, dit Jean-Luc.

José sourit ; son sourire même semblait défiant, paraissait entrouvrir à peine les lèvres et s'effacer aussitôt :

– Maman m'a dit que je n'avais pas le droit de la sacrifier ainsi, qu'elle était seule au monde, que c'était mon devoir de penser à elle d'abord. Mais ce n'est pas vrai, n'est-ce pas, Jean-Luc ?... Nous n'avons qu'une vie, si courte et si précieuse...

« Rassure-toi, songea Jean-Luc : c'est à ton âge, contrairement à ce qu'on croit, qu'elle paraît courte. Elle est longue, au contraire, lorsqu'on a télescopé un nombre de sensations suffisantes. Et il y en a si peu, on en a si vite fait le tour : le succès, l'échec, quelques instants de plaisir... »

Mais il ne le dit pas. Il pensa tout à coup qu'il l'eût avoué à son père, à un vieux, mais pas à cet enfant ; il avait honte devant cet adolescent d'avoir vieilli, de s'être adouci.

Il demanda d'un accent différent :

– Mais, pratiquement, qu'est-ce que ça te donne ? Ta nouvelle vie ? Elle doit être difficile, misérable ?

– Je vois des gens, dit José avec vivacité : tu ris, toi ! ça te semble tout naturel. Tu as oublié... Tu sais ce que c'est, la maison du Vésinet ? Et encore, de ton temps...

– Oh ! je l'ai si peu connue...

– Mais oui, j'ai toujours dit que tu avais toutes les veines... Mais moi... ma mère, Claudine, et le lycée. C'est tout. Et il y a le monde autour de soi, inconnu, inaccessible, comprends-tu ? Eh bien ! maintenant, je commence à le voir, à le toucher, dit-il en étendant ses mains devant lui, comme si, vraiment, il le sentait frémir sous ses doigts. C'est... inexprimable...

– Oui, passionnant, mais inutile.

– Comment ?

– Pour savoir comment réagissent les hommes, il ne faut que de l'intelligence. Pour savoir comment on réagira soi-même, il faut de l'expérience.

– J'essaie chaque jour de me discipliner davantage, dit José à voix basse : je crois que je me connais bien...

– Je n'en doute pas, dit Jean-Luc avec un imperceptible accent d'ironie.

Que pouvait-il lui dire ?... Il commençait à peine à entrevoir ce qui, pour lui seul, en cet instant, était la vérité ; elle l'occupait tout entier ; il n'avait pas le désir de la partager avec autrui ; il songea :

« Si je lui disais : moi, que tu admires pour mon impassibilité, mon implacabilité, mon amour du succès, mon ambition victorieuse, je suis la proie du plus lâche amour. Non pas de l'amour, mais de moi-même, de tout ce que je n'ai pas eu, de tout ce que j'ai repoussé, de tout ce qui m'a paru honteux et bas, et qui l'était en effet... Car c'est cela le plus affreux. Je sais bien que ce que je ressens est une indigne faiblesse, un sentiment méprisable, mais il est plus fort que moi. José ne comprendrait pas. Mon père, autrefois, ne m'a-t-il pas dit quelque chose de semblable ? Je n'ai pas compris... On ne peut comprendre cela avec son instinct ou sa raison, mais avec son corps rassasié, son sang assagi, son cœur exigeant... Ah ! tant pis... Il y a une consolation à se dire que ceux qui viendront après vous seront aussi sots, aussi faibles, aussi malheureux que vous-même... »

Il fit un mouvement : il lui semblait entendre la voix de Marie ; elle l'appelait. Il ne ressentait que le désir de voir partir José, de rester seul (pour si peu de temps, mon Dieu...) avec Marie. Il prit le portefeuille jeté sur la table, en sortit un billet de cinq cents francs qu'il mit dans la main de José, puis se leva. José comprit ; il accepta l'argent. Jean-Luc pensa qu'il n'était venu que pour cela. Il le poussa doucement vers la porte.

– Pardonne-moi... On m'appelle... Reviens quand tu voudras...

José partit enfin. Jean-Luc se hâta vers Marie.

16

« Serge ne veut pas vivre à Paris. Nous quittons la France. Pardon. »

Dans la voiture qui traversait la petite ville, Jean-Luc répétait sans cesse les mêmes mots, les termes du billet reçu la veille. Marie partait. Il ne la reverrait plus. Serge savait, il avait deviné, il emportait Marie... Ils étaient libres maintenant, grâce à lui, à Jean-Luc, à son amour insensé. Il songeait avec fièvre :

« J'ai été dupe, j'ai agi comme un enfant. Je souffre. Je devrais me résigner, ne jamais la revoir, mais je ne peux pas, je ne sais pas me résigner... »

Une fois encore, il retournait vers Dourdan, pour le supplier, pour le menacer, pour l'acheter, pour obtenir de lui cette fille, dont il pensait avec désespoir :

« Mais elle n'est même pas belle !... Pourquoi ? »

Il se pencha, cria au cocher :

– Plus vite, plus vite...

Le cocher agita son fouet, mais, presque aussitôt, le cheval reprit son pas lent. Ils avaient traversé le fleuve, le mail, tout cela si paisible. C'était un jour de mars, pâle et lumineux. Il ne reconnaissait ni les maisons, ni le dessin des rues ; il ne savait même pas s'il trouverait encore Dourdan et Marie dans cette ville qu'ils avaient peut-être quittée ? Où étaient-ils ? Il cherchait Marie comme un aveugle ; il lui fallait la toucher, l'entendre. Il l'avait tellement attendue, désirée... Et maintenant !... Il mourrait sans toucher ses cheveux, ses seins... Quelle honte de souffrir ainsi ! Il eût tué Dourdan, si, grâce à cette mort, Marie fût revenue. Mais il valait mieux lui proposer de l'argent. « Il est impossible qu'il refuse !... Même avec l'arrière-pensée de revenir, de reprendre Marie... Mais il ne l'aime pas comme moi... Il a pu vivre cinq ans sans elle... Moi... »

Il songeait :

« Et où prendre l'argent ? »

Car tout semblait s'écrouler à la fois autour de lui. Était-ce l'hostilité de Langon qui se manifestait, ou avait-il atteint ce moment de la vie où tout, autour de vous, à la fois se défait, tremble et se désagrège ?... sûr présage de mort... Il avait perdu une place après l'autre ; il avait perdu de l'argent. Il ne restait qu'un espoir, ce siège de député à la législature prochaine ; mais, ici aussi, un sourd travail se faisait autour de lui, et qu'il n'avait pas le temps, pas la force de comprendre clairement, d'essayer de déjouer. Il les avait mésestimés, tous ces hommes. Ils étaient ensemble, eux, ils faisaient bloc, et lui, il était seul, il avait toujours été seul. Dès le commencement de sa vie, il lui avait manqué le support d'une famille, d'amis, d'une équipe. Ce Langon était artificiellement soufflé, imaginé par lui. Il pensa qu'il avait eu tort de se détacher de Langon. Mais que pouvait-il faire ? Entre eux, il y avait Édith. Ah ! tous ses pions se retournaient contre lui. Mais tout cela n'était rien, tout cela... Marie seule... Il répéta son nom désespérément :

– Marie...

Du reste de la terre, qu'il était las !... Qu'il était fatigué de cette vie, sans cesse glissante entre ses doigts, qu'il fallait former, reformer, pétrir sans repos et sans arrêt...

Avec Marie seule, il pouvait souffler un instant, se reposer, retrouver une paresse divine qu'il n'avait connue que bien des années auparavant, avant la jeunesse, avant l'adolescence... Mais, au fait, l'avait-il connue ? Il lui semblait qu'il avait toujours été ainsi, toujours tendu, dur, défiant, sombre. Avec elle seule, il avait consenti à être le plus faible, à donner plus qu'il ne recevait en échange, et dans ses bras seulement, il avait goûté la paix, le noir et divin sommeil où se tait enfin le désir, où s'endort l'orgueil douloureux.

La voiture s'arrêta. Il descendit. Un long moment, il demeura dans la rue, sans oser toucher la porte ; le café était vide, comme la première fois où il était venu. Il entra. Il traversa la salle ; la sciure répandue à terre étouffait le bruit de ses pas. Il pénétra dans un petit bureau voisin où une femme lui dit que M. et Mme Dourdan étaient absents, mais qu'ils allaient rentrer d'un moment à l'autre. Il demanda :

– Mais ils ne sont pas partis ? Ils ne doivent pas partir ? pour que la femme répétât ces paroles de consolation, d'espoir :

– Mais non... Ils sont encore là...

Elle ajouta :

– Je crois qu'ils s'en vont à la fin du mois...

– Où cela ?

– Ah ! je ne sais pas. Je crois qu'ils quittent la France. Je sais qu'ils s'embarquent à Bordeaux le 12. Mais je ne sais pas où ils vont.

Elle regardait curieusement Jean-Luc, étonnée, sans doute, que ce monsieur bien mis s'intéressât à ce couple de vagabonds. Elle demanda tout à coup, se penchant vers lui :

– Monsieur est le frère, n'est-ce pas, de M. Dourdan ?

– Non, dit Jean-Luc avec étonnement.

La femme s'excusa :

– Pardon, je croyais... Il y a une ressemblance...

Jean-Luc se rappela que, dans leur enfance, on avait trouvé, en effet, que Serge Dourdan et lui se ressemblaient. Comme il l'avait aimé !... Et maintenant, il n'était pour lui que le plus affreux, le plus inhumain des obstacles.

« Mais il est plus heureux que moi », songea-t-il avec découragement.

Il s'assit dans un coin du café. La nuit venait vite. Dans la salle déserte battait une pendule ; elle avait battu tout le jour, mais étouffée par d'autres sons, par les pas, les voix et le fracas des verres remués. Maintenant, elle prenait sa revanche ; on n'entendait qu'elle, son soupir enroué, son grincement, sa pulsation. Jean-Luc l'écoutait ; il arrive, à certains moments de la vie, et même lorsque la mort menace, que l'on donne ainsi son attention tout entière à d'aussi humbles choses. Il l'écoutait, et il pensait avec aigreur :

« On dirait qu'il va en sortir le carillon de Westminster. »

Mais non, quelques tintements plaintifs, et, de nouveau, ce sourd et sinistre battement du temps qui s'écoule. Les volets étaient fermés ; il en écarta un ; la rue était vide, froide. Il attendait.

Enfin, il les vit. Ils marchaient l'un à côté de l'autre, se tenant par le bras. Ils allaient doucement, sans hâte, heureux. Il ne voyait pas les traits de leurs visages, mais il savait qu'ils étaient heureux. Elle portait son vieux petit manteau noir qu'il connaissait si bien. Il se dressa, le cœur battant. Lentement, la porte s'ouvrit. Ils entrèrent.

Dourdan, le premier, l'aperçut. Ils restèrent debout, un instant, sans parler. Dourdan paraissait plus calme qu'à leur première rencontre, plus heureux... Oui, il n'y avait pas d'autre mot, pensa Jean-Luc : il est heureux... Ce pauvre, ce condamné de droit commun est heureux...

Il ressentait une colère douloureuse dans son cœur. Il dit pourtant, avec un accent de prière :

– Pardonne-moi, je devais te parler avant ton départ, c'est très grave...

– C'est bien, dit Dourdan : montons. La salle va être comble tout à l'heure. Il y a tous les soirs des réunions politiques, on prépare déjà la campagne électorale. Mais tu dois savoir cela mieux que moi...

Jean-Luc ne répondit rien. Il écoutait à peine. Il regardait Marie. Ils montèrent lentement le petit escalier étroit vers la chambre de Dourdan.

17

Jean-Luc montait et, comme dans certains rêves, l'escalier tournant, si étroit, qu'un seul homme y pouvait passer de front, semblait s'allonger sans cesse et ne jamais finir. La lampe que Dourdan tenait à la main éclairait une rampe de bois, légère, peinte en gris, et une gravure galante sur le mur.

Ils entrèrent dans la chambre ; Jean-Luc revit le grand lit à la couette rouge, la cheminée allumée, l'étroite fenêtre mansardée. Oui, il ne se trompait pas. Malgré son aspect misérable, cette chambre était douce et amicale aux deux êtres qui y pénétraient avec lui.

Le soupir de Marie, quand elle s'assit auprès du feu, était un soupir de bien-être, de repos ; ils étaient pauvres, ils étaient abandonnés, mais ils étaient ensemble ; ils allaient partir ; ils étaient jeunes ; leur vie recommençait. Dourdan allait et venait sans parler dans la pièce, rangeant des papiers, ne regardant pas Jean-Luc.

Jean-Luc dit enfin, s'efforçant de parler avec calme :

– Vous partez ?

– Oui, dit Dourdan ; Marie t'a écrit ?

– Tu le savais ?

Il ne répondit pas.

– Où allez-vous ?

– En Amérique du Sud. Le nom du patelin ne te dirait rien.

– Tu as trouvé une place là-bas ?

– Oui, dit brièvement Dourdan.

– Marie ne partira pas avec toi, dit Jean-Luc à voix basse.

Dourdan leva brusquement la tête ; il semblait ne pas voir Jean-Luc ; il cherchait des yeux le visage de Marie ; ils ne prononcèrent pas une parole, mais le regard que Jean-Luc surprit était confiant et apaisé. Sans doute avait-elle tout dit.

– Tu sais qu'elle a été ma maîtresse ? dit encore Jean-Luc.

Il s'était imposé un ton calme et soutenu, mais ses mains tremblaient, et il ne parvenait pas à maîtriser la contraction de ses lèvres ; Dourdan et Marie, immobiles, silencieux, paraissaient attendre.

– Elle ne doit pas partir. Tu lui offres une vie si... misérable. Tu es pauvre, Serge. Tu n'as rien. Moi... Elle sait qu'avec moi elle sera heureuse. Elle a été heureuse avec moi, Serge.

Marie fit un mouvement, voulut parler, mais Serge secoua doucement la tête, et elle se tut.

– Elle a été heureuse avec moi, je te le jure ! Dans la vie que tu vas mener, comment t'embarrasser d'une femme ? Réfléchis ! C'est impossible, monstrueux. Serge, écoute, je me procurerai de l'argent, dit-il avec désespoir : je te donnerai autant d'argent que tu le voudras. Seulement, va-t'en !... Laisse-la... Ne me réponds pas tout de suite. Réfléchis !... Tu es... fini... Tu n'as plus rien. Sans argent, ta vie est à l'avance vouée à l'échec. Vous partez là-bas, pleins d'espoir, mais vous serez réduits à la misère, à la honte. Tandis que seul, avec l'argent que je te donnerai, tu pourrais être sauvé ! Vous avez déjà été séparés. Vous avez vécu ! Réfléchis, Serge. Prenez garde, vous n'accepterez pas, et dans six mois d'ici, vous ne vous pardonnerez pas d'avoir refusé...

Il prit la main de Marie :

– Viens, je t'en supplie ! Viens. Il sera plus heureux, crois-moi. Viens... Je ne peux pas vivre sans toi !

De la salle du bas montait une rumeur sans cesse grandissante de pas, de voix. Tout à coup, Dourdan ouvrit la porte, repoussa violemment Jean-Luc ; le petit escalier étroit n'avait pas de palier ; Jean-Luc se trouva sur la plus haute marche. Dourdan dit avec peine, à travers ses dents serrées :

– Va !...

– Serge, je ne la laisserai pas. Tu ne peux pas comprendre. Tu ne me connais pas ! Je n'ai jamais tenu à rien, mais cette femme... Il me la faut.

Que ses paroles lui paraissaient faibles et maladroites !... Ce n'était pas avec des paroles qu'il eût fallu se défendre, mais avec ses dents, ses poings. Malgré lui, il les leva vers le visage de Dourdan :

– Je te...

Dourdan, tout à coup recula. Plus tard, Jean-Luc pensa qu'à son geste de menace, l'ancien prisonnier, accoutumé à la violence, avait ressenti la peur, et que cela, ce sursaut abject, il n'avait pas dû le pardonner à Jean-Luc : car son visage, qui était demeuré jusqu'ici calme et grave, devint tout à coup convulsé de fureur ; il cria d'une voix stridente :

– Au secours !... Au secours !...

En bas, on entendit le bruit des chaises remuées ; une porte s'ouvrit ; des hommes parurent, regardant, étonnés, l'escalier sombre.

– Au secours ! Il veut me tuer ! Il veut me battre ! C'est Daguerne, Jean-Luc Daguerne, l'espoir du parti Lesourd, le futur député, qui vient m'offrir de l'argent pour que je me taise, pour que je ne raconte à personne ce que je sais sur lui !... Il est le gendre de Sarlat, vous savez ?... Sarlat, le failli !... Il a partagé avec lui l'argent des épargnants !...

Jean-Luc saisit Dourdan par les épaules ; les deux hommes roulèrent jusqu'au bas des marches ; on les sépara. Dans l'affreux tumulte, on entendait clamer encore Dourdan :

– Daguerne !... Rappelez-vous bien son nom !... Daguerne !...

Les mains écorchées, les vêtements salis, enfin, Jean-Luc se trouva dehors.

18

L'approche des élections emplissait le pays de journalistes, à l'affût d'échos scandaleux ; le lendemain de l'agression, dans une petite feuille locale, parut le récit du scandale. Un journal de Paris le reproduisit ; on retrouva le nom de Sarlat dans le passé de Jean-Luc.

On avait su qu'il avait épousé la fille de Sarlat, mais tout s'oublie si vite à Paris, dans un certain monde, que c'était à peine si ce nom éveillait un souvenir. Mais les journaux hostiles à Lesourd le reprirent, l'amplifièrent, publièrent une photo oubliée, datant du mariage de Jean-Luc. Ce n'était pas, à proprement parler, un scandale que Dourdan avait suscité, mais de vagues rumeurs, dont Langon d'ailleurs faillit pâtir autant que Jean-Luc, car ses adversaires se hâtèrent de tirer parti de ce mince événement pour le déconsidérer. Seulement, Langon avait été si souvent attaqué, déconsidéré, que, pour lui, cela avait peu d'importance. Un discours, de belles attitudes, quelques promesses suffirent à faire tourner, une fois de plus, pour lui, la chance.

Pour Daguerne, c'était différent : Lesourd ne lui dissimula pas les difficultés qu'il allait éprouver. Avec son accent rocailleux, paysan, son parler lent, ses petits yeux vifs qui ne regardaient jamais en face, il accueillit Jean-Luc doucement, presque affectueusement, presque avec pitié :

– C'est embêtant, mon vieux... C'est une histoire qui ne tient pas debout, je vous l'accorde, mais, justement, ce sont les seules devant lesquelles on se trouve sans défense... Du bruit, du vent !... Allez donc savoir ce qu'il y a dessous... Du temps de Sarlat, cela vous aurait fait moins de tort, parce que là, il y avait des accusations nettes, franches ; mais ici, je vous répète, que faire ?... Se taire, bomber le dos, laisser passer l'averse... Dans l'intérêt du parti, dans votre intérêt...

Jean-Luc écoutait avec une profonde lassitude. Il songea :

« Ça ne m'amuse plus... Voilà, c'est cela qui est terrible ; c'est cela qui me tue... Le goût, le sel de la vie s'en est allé. Je connais trop bien le jeu... Je l'ai connu dans ses détails, de trop bonne heure... Je pourrais gagner encore, je pourrais m'agiter encore, mais cela ne me dit rien, ça ne me donne rien... »

Il quitta Lesourd ; il avait parfaitement compris que, s'il se présentait aux élections, l'échec était certain. Il envoya à Lesourd la lettre que celui-ci attendait : « Toutes réflexions faites... L'intérêt du parti..., etc. »

Lesourd lui fit répondre par Cottu, qui, lui, gagnant à tous les tableaux, se présentait à la place de Jean-Luc :

– Vous agissez sagement. Vous êtes si jeune... Vous pouvez attendre...

Aux élections, Cottu fut élu, ainsi que Langon. Ce soir-là, Jean-Luc l'apprit par la radio. Il était seul ; il écoutait l'accent nasal et sourd des haut-parleurs déversant sur la foule les noms des candidats. Par moments, le speaker se taisait, et de ces hommes assemblés dans les rues d'une lointaine province montait un bruit profond, presque terrifiant, une tempête de cris, de chants confus. Jean-Luc, de toute son âme, écoutait. Comme il eût souhaité ressentir l'ambition déçue, la haine, le désir du pouvoir... Cela l'eût sauvé de lui-même... Mais non, rien... L'amour seul restait dans son sang, comme un venin, un si lâche amour...

19

Le 12, Jean-Luc partit pour Bordeaux. Il n'espérait plus rien, il n'attendait plus rien, mais le désir d'une présence le consumait. Il arriva à Bordeaux un jour rayonnant de soleil. Cette ville de pierres, de lumières, d'eau, presque sans arbres, captait et reflétait les rais du couchant, en les faisant passer par une poussière blanche, aveuglante, comme une poussière de marbre.

Quelques jours avant le départ de Marie pour Bordeaux, il lui avait écrit, à tout hasard, risquant que sa lettre fût lue par Dourdan. Il avait supplié Marie de se rendre à son hôtel avant le départ du paquebot ; elle viendrait, songeait-il... Peut-être à cause de l'amour fatal, désespéré, qu'elle ressentait pour Dourdan, elle comprenait mieux que ne l'eût fait une autre femme le besoin que Jean-Luc avait d'elle, de sa présence. Car il ne demandait plus rien maintenant, ni son affection, ni sa pitié, ni son corps ; seulement, encore une fois, la voir.

L'hôtel où il était descendu était bâti place du Théâtre ; il éprouva un moment de réconfort en entrant dans la chambre, rayonnante de clarté ; le soleil se couchait à cet instant et flamboyait sur la place, sur les colonnes robustes, sur les marches du théâtre ; en face de l'hôtel, une vitre de flamme étincelait.

Jean-Luc s'assit entre les deux fenêtres d'angle ; de sa place, il voyait la rue ; il reconnaîtrait Marie entre toutes les femmes qui passeraient là. Il attendait. Il n'était pas venu pour autre chose. Il attendait que le soir tombât ; il attendait le pas de Marie sur le seuil, son visage, sa voix. Elle viendrait, et puis... il n'avait plus l'espoir de la garder ; il savait qu'elle partirait. Il attendrait encore... que la nuit passât, que le paquebot partît, que le jour se levât, que la place sur l'oreiller devînt froide. Ce fut en imaginant cela avec tant de force qu'il formula à lui-même ce qu'il désirait : une fois, une heure encore... elle devait consentir... Il attendait, et, autour de lui, en lui, la vie s'arrêtait : par moments, il regardait l'étroit lit blanc, éclairé de soleil, et il se trouvait bien, perdu dans cet hôtel, réfugié dans le creux de la foule indifférente, tapi au fond d'elle, trouvant enfin une sorte de chaleur qui, toujours, l'avait fui.

Le crépuscule semblait s'élever de terre, monter jusqu'à mi-hauteur des maisons, tandis que le haut des toits et quelques vitres encore réfléchissaient des torrents de flamme ; c'était l'heure du dîner ; bientôt la place se vida ; on entendit le bruit des portes fermées, des volets rabattus sur les vitres. Jean-Luc ferma à demi les yeux, se souvenant de la petite ville où, pour la dernière fois, il avait vu Marie... Il frémit. La dernière fois... Non, non, ce n'était pas possible... Il était plus de sept heures pourtant, le bateau partait le lendemain dans la matinée, lui avait-on dit. Elle viendrait.

Il se pencha en avant, regardant de toute son âme la place déserte, les rues qui étaient toutes offertes à ses yeux et par lesquelles elle devait venir.

Des pigeons s'étaient abattus sur les marches du théâtre ; il était tard ; la petite rue en face de lui devenait d'instant en instant plus sombre ; il ne verrait rien maintenant : les lumières n'éclairaient que les colonnades et le pavé ; les passants formaient des ombres indistinctes. Dans quelques minutes, le café déverserait sur la place une foule sombre et confuse, ses yeux clos, et il n'écoutait plus que les pas dans l'intérieur de l'hôtel, le bruit d'une porte ouverte et refermée, une voix qui appelle et se tait. Mais ce n'était pas elle, ce n'était jamais elle...

De nouveau, il commença à calculer, jusqu'à l'hébétement, jusqu'au délire, les chances qu'il avait : la lettre d'abord, lui était-elle parvenue ?... Dourdan l'avait-il gardée ?... Il y avait si peu d'espoir, semblait-il, et pourtant, il savait qu'elle viendrait. Il se jeta sur le lit, étreignant les oreillers froids de ses bras, les serrant contre sa bouche. Il s'acharnait à espérer, à attendre.

Il savait que rien, ni sa passion, ni son courage ne pourraient l'aider cette fois-ci, mais cela, cette ténacité désespérée, c'était la dernière arme, la seule. Il ne pensait plus. Il ne souffrait plus. Seule demeurait dans son cœur une oppression, un sentiment d'étouffement si fort, si purement physique, qu'il le distrayait parfois. Il lui semblait que sa respiration ne passerait plus dans sa gorge serrée. Encore un instant d'angoisse, un instant d'attente – c'était elle, c'était son pas ; il le reconnaissait ; il s'assit sur le lit, il enfonçait ses dents dans les lèvres ; le pas s'éloigna.

Il avait tant de fois imaginé ce pas pressé, hésitant, ralentissant devant sa porte, cette poignée qui tournait doucement, sa propre voix : « C'est toi, enfin, Marie ? » que, lorsque tout fut accompli comme il l'avait souhaité, il ne ressentit pas de surprise et, à peine, le bonheur... Maintenant il fallait la garder, refermer ses bras sur elle, de toutes ses forces, et ne jamais plus les desserrer.

Elle entra ; elle s'assit à côté de lui, sur le bord du lit. Il n'avait pas allumé la lampe ; ce qu'il lui fallait, ce n'était pas les traits de son visage, ni son regard, mais tout ce qui, d'elle, était accessible à lui seul, la douceur de sa peau, sa chaleur, le petit frémissement qui agitait ses doigts.

– Marie ! Marie ! Enfin ! Je savais que tu viendrais. Je t'attendais. Je t'ai tant attendue, si tu savais !

Elle se laissait embrasser ; il lui avait toujours été

doux de sentir cet amour, cette prédilection insensée que Jean-Luc avait pour elle, et qui ressemblait tellement à ce qu'elle-même ressentait pour Dourdan. Par moments, seulement, elle avait éprouvé cette dureté, presque sauvage des femmes envers ceux qu'elles n'aiment pas, qu'elles n'ont pas choisis, mais elle avait pitié de lui maintenant. Elle disait à voix basse :

– Pourquoi, pourquoi moi, et pas une autre ? Pourquoi, mon pauvre petit, pourquoi ?

Il entrelaça ses doigts aux siens, les serra, murmura sans la regarder :

– Une fois, une seule, la dernière...

– Non...

– Marie... une fois déjà, rappelle-toi... par lassitude, par ennui, pour sentir près de toi la chaleur d'un être vivant... Mais c'est mon tour maintenant... Je suis si seul, si tu savais...

– Non, non, ainsi, sans amour pour toi, sans désir, chérissant un autre, te quittant pour un autre, quel bonheur cela peut-il te donner ?

Il cria, avec un accent de colère et de souffrance :

– Ce n'est pas le bonheur ! C'est un moment d'oubli que toi seule peux me donner...

Elle ne répondit pas ; sous ses baisers, il sentit les larmes qui coulaient de ses yeux :

– Tu as pitié de moi, Marie ? demanda-t-il doucement.

Elle murmura :

– De toi... et de moi...

Pourtant, elle se laissa prendre une dernière fois.

20

Il avait attendu la fin de la nuit, attendu l'heure à laquelle le bateau devait partir : comme il se l'était promis, jusqu'à la dernière minute, puis encore un instant de grâce... (Dourdan pouvait mourir, la guerre éclater, quelque chose pouvait empêcher le départ ?...) il avait attendu que s'effaçât sur l'oreiller la marque imprimée par leurs têtes jointes, puis il était parti à son tour, revenant vers Paris, et reprenant sa vie au point, croyait-il, où il l'avait laissée.

Trois semaines plus tard, un soir déjà chaud du commencement de l'été, José, en quête de mille francs et d'un repas, téléphona à Jean-Luc et se fit inviter. Il savait que son frère ne s'était pas présenté aux élections, mais il imaginait une infinité d'intrigues. Il trouva Jean-Luc fatigué, les traits vieillis, le regard éteint, mais sa voix était aussi calme qu'auparavant et l'accent léger de sarcasme plus amer, plus las qu'il ne l'avait été. Il était à demi dévêtu, assis sur la terrasse, un livre à la main. Pour la première fois, José vit une ressemblance entre le visage de Jean-Luc et celui de leur père. Il prenait de même cet aspect frileux qui avait été celui de Laurent Daguerne. José songea :

« Comme son échec le touche... Moi, rien ne me découragerait. »

Avec Jean-Luc, José ne paraissait jamais défiant ou froid, comme le sont les jeunes gens en face de leurs aînés ; il venait à lui avec confiance, lui parlait comme à un égal, mais Jean-Luc s'étonnait de ressentir auprès de son frère un pareil ennui... Autrefois, après avoir appris à connaître les Calixte-Langon et les Lesourd, il avait souvent pensé qu'un garçon de vingt ans possède plus d'intelligence, de connaissances que ces hommes rompus aux affaires, usés par les années, mais éblouis par leur propre succès et finissant par ne plus voir qu'eux-mêmes. Maintenant, ce garçon de vingt ans, assis en face de lui, qui lui parlait avec un mélange de déférence et d'ironie qu'il reconnaissait, image de sa propre jeunesse, ce José ne le satisfaisait pas ; quelque chose lui manquait : la souplesse de l'esprit, l'immédiate prise des réalités et cette douceur que, par certains côtés, l'homme le plus glacé acquiert avec les années. Comme il était dur encore, ce José, fermé à tout ce qui n'était pas lui !... Il était assis aux pieds de Jean-Luc, sur un petit tabouret, les deux mains serrées autour de ses genoux, ses cheveux en désordre tombant sur son beau front. Jean-Luc, qui avait, depuis plusieurs instants, cessé de l'écouter, demanda tout à coup :

– Quelle est cette femme à qui tu as téléphoné en même temps qu'à moi ? Je te demande pardon, tu venais de raccrocher, on a sonné : j'étais encore branché avec toi, sans doute ; j'ai entendu... Tu as une maîtresse ?

José haussa les épaules :

– C'est une fille bien, dit-il, en hésitant légèrement sur les termes ; ça ne l'a pas empêchée de coucher avec moi dès la deuxième rencontre, mais tu sais comment sont les femmes... Elle est un peu plus âgée que moi. Elle a vingt ans.

– Et toi, déjà ?

– Dix-huit.

Il se tut un instant, dit plus bas :

– Elle me plaît assez, mais seulement pour un temps assez court. Je crois qu'elle... elle voudrait davantage... Pas le mariage, naturellement, mais autre chose, l'amour... Moi... Tiens, j'aime mieux te dire que moi aussi, je... Elle a beaucoup de charme... Mais la vie est trop dure pour un seul.

Il ajouta brusquement :

– Tu sais ? Ce que Disraeli disait dans sa vieillesse : que le monde est difficile à manier. Comme c'est vrai...

Jean-Luc secoua la tête :

– Ne crois pas cela... C'est facile, au contraire... On souffle aux hommes ses désirs et ses propres rêves. Ce qui est terriblement difficile à manier, c'est soi-même, c'est son propre cœur.

Il prononça ces derniers mots plus bas, comme s'il en eût éprouvé un sentiment de honte.

Puis il demeura silencieux. José parlait encore, mais, maintenant, son frère ne feignait même plus l'attention. Il se leva brusquement, revint dans le salon ; il était vide, nu : il commença à marcher d'un mur à un autre, sans prendre garde à José, qui le regardait avec surprise. Il avait oublié José : c'était visible. Il s'approcha de la fenêtre, souleva un rideau, demeura debout, le dos tourné ; José ne voyait de lui que sa main sur les plis du rideau qu'il froissait entre ses doigts d'un mouvement saccadé et étrange.

José se leva, vint à côté de son frère : le visage de Jean-Luc était indifférent, froid, fermé comme à l'ordinaire. José respira plus librement, songea :

« S'il pouvait me donner de l'argent, je le laisserais... Je l'embête... »

Pourtant, il n'ouvrait pas la bouche. Jean-Luc, en cet instant, se tourna vers lui, parut hésiter, demanda :

– Tu viens prendre un verre ?

– Si tu veux...

– Eh bien ! va, je te suis...

José marcha vers la porte, mais Jean-Luc ne bougeait toujours pas et regardait attentivement ce carré de nuit, dans la fenêtre, éclairé de pâles et tremblantes lumières. José l'appela à plusieurs reprises, mais il ne paraissait pas entendre ; enfin, il murmura :

– Attends-moi... Je vais m'habiller...

Il répéta :

– Attends-moi ici...

Il passa devant José, entra dans sa chambre et ferma la porte. Presque aussitôt, José entendit un coup de feu, un si mince et sec claquement qu'il ne comprit pas tout d'abord. Il se jeta vers la chambre, enfonçant le battant d'un coup d'épaule ; la porte, cependant, n'était pas fermée, mais ce mouvement violent le soulagea.

Jean-Luc était tombé à terre, mais il vivait encore ; il respirait. José, la tête perdue, le saisit dans ses bras, et, tout à coup, il sentit que son frère s'accrochait à lui, le serrait, l'étreignait avec une force surprenante, l'embrassait comme un ami retrouvé. Il voulut s'enfuir, appeler au secours, mais Jean-Luc, déjà touché par la mort, le retenait de ses mains froides, du poids de son corps immobile. Ses yeux seuls vivaient ; les paroles se pressaient sur des lèvres déjà muettes ; elles remuèrent avec un terrible effort, mais pas un son n'en sortit, à peine un gémissement, une plainte étonnée. Au dernier instant, il parut pourtant revenir à lui. Peut-être reconnut-il José ? Il avait imaginé sans doute, penché sur lui, un autre visage. Il se détourna, pressa sa joue contre sa main, baissa les paupières et mourut si doucement que José n'entendit pas son dernier soupir.

Du même auteur

aux Éditions Albin Michel :

LE PION SUR L'ÉCHIQUIER
LE VIN DE SOLITUDE
JÉZABEL
DEUX
LES CHIENS ET LES LOUPS
LA VIE DE TCHEKHOV
LES BIENS DE CE MONDE
LES FEUX DE L'AUTOMNE

chez d'autres éditeurs :

L'ENFANT GÉNIAL, Fayard
DAVID GOLDER, Grasset
LE BAL, Grasset
LE MALENTENDU, Fayard
LES MOUCHES D'AUTOMNE, Grasset
L'AFFAIRE COURILOF, Grasset
FILMS PARLÉS, Gallimard
DIMANCHE, Stock
DESTINÉES ET AUTRES NOUVELLES, Sables
SUITE FRANÇAISE, Denoël

Composition réalisée par IGS-CP

Achevé d'imprimer en août 2006 en France sur Presse Offset par

BRODARD & TAUPIN

GROUPE CPI

La Flèche (Sarthe).
N° d'imprimeur : 37120 – N° d'éditeur : 73592
Dépôt légal 1re publication : septembre 2006
LIBRAIRIE GÉNÉRALE FRANÇAISE – 31, rue de Fleurus – 75278 Paris cedex 06.

31/1754/6